KB112827

인간 실격

人間失格

세계문학전집 103

인간 실격

人間失格

다자이 오사무

김춘미 옮김

민음사

차례

인간 실격 7

직소 137

인간 실격

人間失格

서문

나는 그 사나이의 사진 석 장을 본 직이 있다.

한 장은 그 사나이의 유년 시절이라고나 해야 할까, 열 살 전후로 추정되는 때의 사진인데, 굵은 줄무늬 바지 차림으로 여러 여자들에게 둘러싸여(그 아이의 누나들, 누이동생들, 그리고 사촌 동생들로 생각된다.) 정원 연못가에 서서 고개를 왼쪽으로 삼십 도쯤 갸우뚱 기울이고 보기 흉하게 웃고 있다. 보기 흉하게? 아니다. 둔감한(미추 따위에 관심이 없는) 사람이라면 그냥 지나가는 말로 "귀여운 도련님이군요."라고 적당히 사탕발림을 해도 괜한 공치사로 들리지는 않을 만큼, 말하자면 통속적인 '귀염성' 같은 것이 그 아이의 웃는 얼굴에 전혀 없는 것은 아니다. 그러나 미추에 대한 감식안이 조금이라도 있는 사람이라면 언뜻 보기만 해도 몹시 기분 나쁘다는 듯이 "정말

섬뜩한 아이군." 하면서 송충이라도 털어내듯 그 사진을 내던져 버릴지도 모른다.

정말이지 그 아이의 웃는 얼굴은 자세히 보면 볼수록 뭐라 표현할 수 없는 섬뜩하고 으스스한 기운이 느껴지는 것이다. 애당초 그건 웃는 얼굴이 아니다. 이 아이는 전혀 웃고 있지 않다. 그 증거로 아이는 양손을 꽉 쥐고 서 있다. 사람이란 주먹을 꽉 쥔 채 웃을 수는 없는 법이다. 그것은 원숭이다. 웃고 있는 원숭이다. 그저 보기 싫은 주름을 잔뜩 잡고 있을 뿐이다. '주름투성이 도련님'이라고 부르고 싶어질 만큼 정말이지 괴상한, 왠지 추하고 묘하게 욕지기를 느끼게 하는 표정의 사진이었다. 나는 지금까지 그렇게 괴상한 표정의 소년을 본 적이 한번도 없다.

두 번째 사진 속의 얼굴. 그건 또 깜짝 놀랄 만큼 변해 있다. 교복 차림이다. 고교 시절 사진인지 대학 시절 사진인지는 분명치 않지만 어쨌든 대단한 미남이다. 그러나 그것 또한 이상하게도 사람이라는 느낌이 전혀 들지 않는다. 교복 왼쪽 가슴에 있는 주머니에 하얀 손수건을 꽂은 채 등의자에 걸터앉아 다리를 꼬고, 이번에도 역시 웃고 있다. 이번 미소는 주름투성이의 원숭이 웃음이 아니라 꽤 능란한 미소가 되어 있지만, 그래도 인간의 웃음이라고 하기에는 어딘지 걸린다. 피의 무게랄까 생명의 깊은 맛이랄까, 그런 충실감이 전혀 없는, 새처럼 가벼운 것이 아니라 그야말로 깃털처럼 가벼운 웃음이다. 그냥 하얀 종이 한 장처럼 웃고 있다. 즉 하나부터 열까지

꾸민 듯한 느낌이 드는 것이다. 겉멋이 잔뜩 들었다고 하기에는 뭔가 부족하다. 경박하다고 하기도 그렇다. 교태를 부리고 있다고 하는 것도 부적절하다. 멋쟁이라고 하는 것도 물론 부적합하다. 게다가 자세히 뜯어보면 여자 같은 미모를 가진 이 학생한테서 어딘지 악몽 비슷한 섬뜩함이 느껴지는 것이었다. 나는 지금까지 그렇게 이상한 미남을 본 적이 한번도 없다.

또 다른 한 장의 사진이 가장 기괴하다. 이제는 나이를 짐작할 수도 없을 정도다. 머리는 희끗희끗하다. 그런 남자가 몹시 더러운 방(방 벽이 세 군데 정도 허물어져 내린 것이 그 사진에 뚜렷하게 찍혀 있었다.) 한쪽 구석에서 작은 화롯불에 양손을 쪼이고 있는데, 이번에는 웃고 있지 않다. 아무런 표정이 없다. 말하자면 쭈그리고 앉아 화롯불에 양손을 쪼이다가 그냥 그대로 죽어간 것 같은, 정말로 기분 나쁘고 불길한 냄새를 풍기는 사진이다. 이상한 것은 그뿐이 아니다. 그 사진에는 얼굴이 비교적 크게 찍혀 있어서 남자의 생김새를 자세히 살펴볼 수가 있었는데 이마도 평범하고, 이마의 주름도 평범하고, 눈썹도 평범하고, 눈도 평범하고, 코도 입도 턱도 평범했다……. 아아, 그 얼굴에는 표정이 없을 뿐만 아니라 인상조차 없었다. 특징이 없는 것이다. 예컨대 내가 그 사진을 보고 나서 눈을 감았다고 치자. 나는 이미 그 얼굴을 잊어버렸다. 방 벽과 작은 화로는 생각나지만 방 주인의 얼굴은 안개가 스러지듯 사라져서 아무리 애를 써도 떠오르지 않는다. 그림이 그려지지 않는 얼굴이다. 만화조차도 안 된다. 눈을 뜬다. 아아, 이런 얼굴이었지. 이제 생각났다. 이런 기쁨조차 없다. 극단적으로 말하면 눈을 뜨고 사진을 다시 봐도 생각나지 않는 얼굴이다. 마냥 역겹고 짜증 나고, 나도 모르게 눈길을 돌리고 싶어진다.

소위 '죽을상'이라는 것에도 뭔가 표정이라든가 인상이라든가 그런 것이 있을 텐데. 사람 몸뚱이에 짐 끄는 말의 목이라도 갖다 붙이면 이런 인상이 되려나? 어쨌든 딱히 무엇 때문이랄 수도 없이 보는 사람을 섬뜩하고 역겹게 한다. 나는 지금까지 그렇게 기묘한 얼굴의 남자를 본 적 역시 한번도 없다.

첫 번째 수기

부끄럼 많은 생애를 보냈습니다.

저는 인간의 삶이라는 것을 도무지 이해할 수 없습니다. 저는 동북 지방의 시골에서 태어났기 때문에 꽤 자란 다음에야 기차를 처음 보았습니다. 정거장에 있는 육교를 올라갔다 내려갔다 하면서도 그것이 선로를 건너기 위해 만들어졌다는 사실은 전혀 생각 못 하고 그저 정거장 구내를 외국의 놀이터처럼 복잡하고 즐겁고 세련되게 만들기 위해 설치된 것이라고만 믿었습니다. 그것도 꽤 오랫동안 그렇게 믿었던 것입니다. 계단을 올라갔다 내려갔다 하는 일이 저에게는 퍽이나 세련된 놀이로 생각되었고, 철도청이 제공하는 서비스 중에서도 가장 괜찮은 서비스 중 하나라고 생각했습니다. 나중에 그것이 단순히 손님들이 선로를 건너다닐 수 있도록 만들어진 극히 실용적인 계단에 지나지 않는다는 사실을 알고 나서는 단

박에 흥이 깨졌습니다.

또 어릴 적에 그림책에서 지하철이라는 것을 보았을 때도, 그것 또한 실용적인 필요 때문에 고안된 것이 아니라 지상에서 차를 타기보다는 지하에서 차를 타는 편이 별나고 재미있는 놀이니까라고만 생각했습니다.

저는 어렸을 때부터 몸이 약해서 자주 병치레를 했습니다. 자리에 누워서 요 커버, 베갯잇, 이불 홑청은 정말이지 쓸데없는 장식품이라고만 생각했는데 뜻밖에도 그것이 실용적인 물건이라는 사실을 스무 살 가까이 되어서야 알게 되었고, 곧 인간의 알뜰함에 암담해지고 서글퍼졌습니다.

또 저는 배고픔이라는 것을 몰랐습니다. 아니, 그건 제가 의식주가 넉넉한 집안에서 자랐다는 그런 시건방진 뜻이 아니고, '공복'이라는 감각이 어떤 것인지 전혀 알 수가 없었던 것입니다. 이상하게 들리겠지만 저는 배가 고파도 그걸 느끼지 못했습니다. 초등학교, 중학교 때 제가 학교에서 돌아오면 집안사람들이 "저런, 배고프지? 우리도 그랬거든. 학교에서 돌아왔을 때처럼 배고픈 때가 없지. 단 콩은 어때? 카스텔라도 빵도 있단다."라는 둥 법석을 떨었기 때문에 저는 천부적인 아부 정신을 발휘해 아아 배고파 하고 중얼거리고는, 설탕에 절인 콩을 열 알 정도 입에 집어넣었습니다. 그렇지만 공복감이라는 것이 어떤 것인지는 전혀 몰랐습니다.

물론 저도 꽤 잘 먹었습니다. 그러나 배가 고파서 뭔가를 먹은 기억은 거의 없습니다. 특별나다고 생각되는 것, 고급스럽다고 생각되는 것을 먹었습니다. 또 남의 집에 가서 대접받을 때에는 억지로라도 대개 다 먹었습니다. 그래서 어렸을 때 제가 가장 고통스러웠던 시간은 우리 집 식사 시간이었습니다. 제 시골집에서는 열 명 정도 되는 가족 전부가 독상을 두 줄로 마주 보게 늘어놓고 밥을 먹었습니다. 막내인 저는 물론 제일 말석이었습니다. 식사하는 방은 어둠침침했고 점심 같은 때 열 명 남짓 되는 가족이 그저 묵묵히 밥을 먹는 모습은 저에게 언제나 으스스한 느낌이 들게 했습니다. 게다가 시골의 고풍스러운 집안이었기 때문에 반찬도 대체로 정해져 있어서 별난 것, 고급스러운 것 등은 생각도 할 수 없었고, 저에게는 식사 시간이 점점 더 끔찍하게 느껴졌습니다. 저는 그 어두컴컴한 방의 말석에서 추위에 덜덜 떠는 듯한 기분으로 밥알을 조금씩 입으로 가져다가 쑤셔 넣으며 이렇게 생각하곤 했습니다. 인간이라는 존재는 왜 하루 삼시 세끼 밥을 먹는 것일까. 정말 모두들 엄숙한 얼굴로 먹고 있군. 이것도 일종의 의식 같은 것이어서, 가족이 삼시 세끼 시간을 정해 놓고 어두컴컴한 방에 모여 밥상을 순서대로 늘어놓고 먹고 싶지 않아도 고개를 숙이고 말없이 밥알을 씹는 것은 집 안에서 꿈틀거리고 있는 영혼들에게 기도하는 행위가 아닐까.

　밥을 안 먹으면 죽는다는 말은 저에게는 그저 듣기 싫은 위협으로밖에는 들리지 않았습니다. 그 미신은(지금까지도 저에게는 뭔가 미신처럼 느껴집니다.) 그러나 언제나 저에게 불안과 공포를 안겨주었습니다. 인간은 먹지 않으면 죽는다. 그러니까 일해서 먹고살아야 한다는 말만큼 저에게 난해하고 어렵고 협박 비슷하게 울리는 말은 없었습니다.

즉 저에게는 '인간이 목숨을 부지한다.'라는 말의 의미가 그 때껏 전혀 이해되지 않았다는 얘기가 될 것 같습니다. 제가 가진 행복이라는 개념과 이 세상 사람들의 행복이라는 개념이 전혀 다를지도 모른다는 불안. 그 불안 때문에 저는 밤이면 밤마다 전전하고 신음하고, 거의 발광할 뻔한 적도 있습니다. 저는 과연 행복한 걸까요? 저는 어릴 때부터 참 행운아라는 말을 정말이지 자주 들어왔습니다. 하지만 저 자신은 언제나 지옥 가운데서 사는 느낌이었고, 오히려 저더러 행복하다고 하는 사람들 쪽이 저와 비교도 되지 않을 만큼 훨씬 더 안락해 보였습니다.

나한테는 재난 덩어리가 열 개 있는데 그중 한 개라도 이웃 사람이 짊어지게 되면 그것만으로도 그 사람에게는 충분히 치명타가 되지 않을까 하고 생각한 적도 있습니다.

즉 알 수가 없었습니다. 이웃 사람들의 괴로움의 성질과 정도라는 것이 전혀 짐작이 가지 않았던 것입니다. 실용적인 괴로움, 그저 밥만 먹을 수 있으면 그것으로 해결되는 괴로움. 그러나 그 괴로움이야말로 제일 지독한 고통이며 제가 지니고 있는 열 개의 재난 따위는 상대도 안 될 만큼 처참한 아비지옥일지도 모릅니다. 잘 모르겠습니다. 그러나 그런 것치고는 자살도 하지 않고 미치지도 않고 정치를 논하며 절망도 하지 않고 좌절하지도 않고 살기 위한 투쟁을 잘도 계속하고 있다. 그렇다면 괴롭지 않은 게 아닐까? 그런 사람들은 철저한 이기주의자가 되는 것이 당연한 일이라고 확신하고 한번도 자기 자신에게 회의를 느껴 본 적이 없는 것은 아닐까? 그러면 편하겠지. 하긴 인간이란 전부 다 그런 거고 그렇다면 만점인 게 아닐까. 모르겠다……. 밤에는 푹 자고 아침에는 상쾌할까? 어떤 꿈을 꿀까? 길을 걸으면서 무엇을 생각할까? 돈? 설마 그것만은 아니겠지. 인간은 먹기 위해 산다는 말은 들은 적이 있지만 돈 때문에 산다는 말은 들은 적이 없어. 아닐 거야. 그러나 어쩌면…… 아니, 그것도 알 수 없지…….

그래서 생각해 낸 것이 익살이었습니다.

생각하면 할수록 사람이라는 존재를 알 수가 없어졌고, 저 혼자 별난 놈인 것 같은 불안과 공포가 엄습할 뿐이었습니다. 저는 이웃 사람하고 거의 대화를 못 나눕니다. 무엇을 어떻게 말하면 좋을지 모르는 것입니다.

그것은 인간에 대한 저의 최후의 구애였습니다. 저는 인간을 극도로 두려워하면서도 아무래도 인간을 단념할 수가 없었던 것 같습니다. 그렇게 해서 익살이라는 가는 실로 간신히 인간과 연결될 수 있었던 것입니다. 겉으로는 늘 웃는 얼굴을 하고 있지만 속으로는 필사적인, 그야말로 천 번에 한 번밖에 안 되는 기회를 잡아야 하는 위기일발의 진땀 나는 서비스였습니다.

저는 어렸을 때부터 가족에 대해서조차도 그들이 얼마나 힘들어하고 또 무엇을 생각하며 살고 있는지 전혀 짐작할 수가 없었습니다. 그저 두렵고 거북해서 그 어색함을 못 이긴 나머지 일찍부터 숙달된 익살꾼이 되었습니다. 즉 어느 틈에 진실을 단 한마디도 이야기하지 않는 아이가 되어 버린 것입니다.

그 당시 가족과 함께 찍은 사진 따위를 보면 다른 사람들은 모두 진지한 얼굴을 하고 있는데 저 혼자 언제나 기묘하게 얼굴을 일그러뜨리고 웃고 있습니다. 그것 또한 제 어린 소견에 따른 일종의 서글픈 익살이었던 것입니다.

또 저는 가족한테 꾸중을 듣고 말대꾸한 적이 한번도 없습니다. 사소한 꾸중은 저에게는 청천벽력과도 같아 저를 미칠 지경에 이르게 했기 때문에 말대꾸는커녕 그 꾸중이야말로 말하자면 만세일계(万世一系), 즉 고대로부터 단일 계통을 이어온 일본인의 '진리'임이 틀림없다, 그런데 나는 그 진리를 행할 능력이 없으니까 더 이상 인간과 더불어 살 수 없는 게 아닐까 하고 확신해 버린 것입니다. 그래서 저는 말싸움도 자기 변명도 하지 못했습니다. 남이 저에게 욕을 하면 그래 정말이야, 내가 엄청 잘못 생각하고 있었어, 이렇게 생각되어서 언제나 그 공격을 잠자코 받아들이고 속으로는 미칠 듯한 공포를 느꼈습니다.

누구든 남이 비난을 퍼붓거나 화를 낼 때 기분이 좋을 사람은 없겠습니다만, 저는 화를 내는 인간의 얼굴에서 사자보다도, 악어보다도, 용보다도 더 끔찍한 동물의 본성을 보는 것이었습니다. 평상시에는 본성을 숨기고 있다가 어떤 순간에, 예컨대 소가 풀밭에서 느긋하게 자고 있다가 갑자기 꼬리로 배에 앉은 쇠등에를 탁 쳐서 죽이듯이 갑자기 무시무시한 정체를 노여움이라는 형태로 드러내는 모습을 보면 저는 언제나 머리털이 곤두서는 듯한 공포를 느꼈습니다. 그리고 그런 본성 또한 인간이 되는 데 필요한 자격 중 하나일지도 모른다고 생각하면 저 자신에 대한 절망감에 휩싸이곤 했습니다.

늘 인간에 대한 공포에 떨고 전율하고 또 인간으로서의 제 언동에 전혀 자신을 갖지 못하고 자신의 고뇌는 가슴속 깊은 곳에 있는 작은 상자에 담아두고 그 우울함과 긴장감을 숨기고 또 숨긴 채 그저 천진난만한 낙천가인 척 가장하면서 저는 익살스럽고 약간은 별난 아이로 점차 완성되어 갔습니다.

무엇이든 상관없으니 웃게만 만들면 된다. 그러면 인간들은 그들이 말하는 소위 '삶'이라는 것 밖에 내가 있어도 그다지 신경 쓰지 않을지도 몰라. 어쨌든 인간들의 눈에 거슬려서는 안 돼. 나는 무(無)야. 바람이야. 텅 비었어. 이런 생각만 강해져서 저는 익살로 가족을 웃겼고, 또 가족보다 더 불가사의하고 무시무시한 머슴이랑 하녀들한테까지도 필사적으로 익살 서비스를 했던 것입니다.

저는 한여름에 홑겹 여름옷 안에 빨간 스웨터를 껴입고 복도를 걸어 다녀서 식구들을 웃겼습니다. 좀처럼 웃지 않는 큰형까지도 그런 저를 보고는 웃음을 터뜨리며 "요조, 그건 안 어울려."라고 귀여워 죽겠다는 듯이 말했습니다. 뭐 저도 한여름에 스웨터를 입고 다닐 만큼 더위 추위를 못 가리는 기인은 아닙니다. 실은 누나의 레깅스를 양팔에 끼고 유카타[1] 소매

[1) 여름에 입는 홑겹 옷.

밖으로 내보여 스웨터를 껴입고 있는 것처럼 보이게 했던 것입니다.

저희 아버지는 도쿄에 볼일이 많은 분이셨기 때문에 우에노의 사쿠라기 동에 집을 갖고 계셨고, 한 달 중 태반은 도쿄에 있는 그 집에서 지내셨습니다. 그리고 돌아오실 때마다 가족 모두에게, 또 친척들한테까지 정말이지 엄청나게 많은 선물을 사 들고 오시는 것이 말하자면 아버지의 취미 같은 것이었습니다.

언젠가 도쿄로 가시기 전날 밤, 아버지는 아이들을 손님방에 모아 놓고 이번에는 어떤 선물이 좋을지 한 사람 한 사람한테 웃으며 물으시고 아이들의 대답을 일일이 수첩에 적으셨습니다. 아버지가 아이들을 그렇게 친밀하게 대하시는 것은 드문 일이었습니다.

"요조는?"

아버지가 물으셨을 때 저는 우물쭈물하다가 대답을 못 하고 말았습니다.

뭐가 갖고 싶지? 하고 누가 물으면 그 순간 저는 갖고 싶은 것이 아무것도 없어져버리곤 했습니다. 아무래도 상관없어. 어차피 나를 즐겁게 해줄 것 따위는 없어. 그런 생각이 꿈틀 일어났던 것입니다. 그러면서도 남이 준 것은 아무리 제 취향에 맞지 않아도 거절하지 못했습니다. 싫은 것을 싫다고 하지 못하고, 또 좋아하는 것도 뭔가를 훔치듯이 쭈뼛쭈뼛 전혀 즐기지 못하고, 그러고는 표현할 길 없는 공포에 몸부림쳤습니다. 즉 저에게는 양자택일하는 능력조차도 없었던 것입니다. 이것은 훗날 저의 소위 '부끄럼 많은 생애'의 큰 원인이 된 성격의 하나였던 것 같습니다.

제가 입을 다문 채 우물쭈물하고 있으니까 아버지는 조금 불쾌한 얼굴이 되었습니다.

"역시 책인가? 아사쿠사 절 앞에 있는 장난감 가게에서 아이들이 쓰고 놀기 알맞은 크기의 정월 사자춤 탈을 팔고 있던데 갖고 싶지 않으냐?"

갖고 싶지 않으냐는 말을 들었다면 다 틀려버린 겁니다. 익살스러운 대답이든 뭐든 못 하게 된 것이지요. 익살꾼 노릇은 완전히 낙제입니다.

"책이 좋겠죠."

큰형이 진지한 얼굴로 말했습니다.

"그래?"

아버지는 흥이 깨진 얼굴로 적지도 않고 수첩을 탁 덮으셨습니다.

이 무슨 실수람. 내가 아버지를 화나게 했어. 아버지의 복수는 틀림없이 끔찍할 거야. 늦기 전에 어떻게든 수습을 해야 할 텐데. 그날 밤 이불 속에서 부들부들 떨면서 생각하던 저는 살그머니 일어나 손님방에 가서 아버지가 아까 수첩을 집어넣으신 서랍을 열고 수첩을 꺼내 드르륵 페이지를 넘겨서는 선물 목록이 기입된 곳을 찾아내 수첩에 달린 연필에 침을 묻혀 '사자춤'이라고 써 두고 잤습니다. 저는 그 사자 탈이 전혀 갖고 싶지 않았습니다. 숫제 책이 나았습니다. 그렇지만 아버지가 그 사자 탈을 저한테 사 주고 싶어 하신다는 사실을 깨닫고 아버지의 뜻을 따름으로써 아버지를 기분 좋게 해드리고 싶은 일념에 한밤중에 감히 손님방에 몰래 숨어드는 모험을 감행했던 것입니다.

과연 저의 비상수단은 예상했던 대로 대성공을 거두었습니다. 이윽고 아버지가 도쿄에서 돌아오셨을 때 어머니한테 큰 소리로 말씀하시는 것을 저는 방에서 들었습니다.

"그 아사쿠사 절 앞에 있는 장난감 가게에서 이 수첩을 열어 보았더니, 이것 좀 봐요, 이렇게 사자춤이라고 씌어 있지 않겠어? 이건 내 글씨가 아닌데, 응? 하고 의아해하다 생각이 미쳤지. 이것은 요조의 장난이오. 그 녀석 내가 물었을 때는 히죽히죽 웃고만 있더니 나중에 아무래도 사자 탈이 갖고 싶어서 견딜 수가 없었던 게요. 뭐니 뭐니 해도 녀석은 조금 별나니까 말이오. 모른 척해 놓고는 여기에 이렇게 또박또박 써 났더라고. 그렇게 갖고 싶으면 그렇다고 하면 될 텐데. 나는 장난감 가게 앞에서 웃음을 터뜨렸지. 요조를 빨리 이리 오라고 해요."

또 저는 머슴이나 하녀들을 서양식 방에 모아 놓고 머슴 한 사람에게 되는대로 피아노 건반을 두드리게 하고는(시골이기는 했습니다만 우리 집에는 대체로 모든 것이 갖춰져 있었습니다.) 그 엉터리 곡에 맞추어 인디언 춤을 춰 보여서 사람들을 웃겼습니다. 둘째 형은 사진기 플래시를 터뜨리며 인디언 춤을 추는 제 모습을 찍었고, 현상된 사진을 나중에 보니 제가 허리에 두른 헝겊(그것은 꽃무늬 보자기였습니다.)의 매듭 부분에 작은 고추가 보여서 그것이 또 온 집안을 웃음바다로 만들었습니다. 저로서는 그 일 또한 뜻밖의 성공이었는지도 모릅니다.

저는 매달 신간 소년 잡지를 열 권도 넘게 구독하고 있었고 그 밖에도 여러 가지 책을 도쿄에서 주문해 묵묵히 읽고 있었기 때문에, 당시 인기 있던 연재물 속 엉망진창 박사라느니 또 무슨무슨 박사라느니 하는 존재와 무척 친숙했습니다. 또 괴기담, 무사담, 만담, 에도[2] 이야기 따위도 많이 알고 있었기 때문에 진지한 얼굴로 우스꽝스러운 이야기를 해서 집안사람들을 웃기는 데 소재가 부족한 적은 없었습니다.

그렇지만 아아, 학교!

학교에서 저는 존경을 받을 뻔했습니다. 존경받는다는 개념 또한 저를 몹시 두렵게 했습니다. 거의 완벽하게 사람들을 속이다가 전지전능한 어떤 사람한테 간파당하여 산산조각이 나고 죽기보다 더한 창피를 당하게 되는 것이 '존경받는다'는 개념에 대한 저의 정의였습니다. 인간을 속여서 '존경받는다' 해도 누군가 한 사람은 알고 있습니다. 그리고 인간들이 그 사람한테서 듣고 자기가 속은 것을 차차 알게 되었을 때, 인간들이 느낄 노여움이며 복수는 정말이지 어떤 것일까요. 상상만 해도 온몸의 털이 곤두서는 것이었습니다.

저는 부잣집에 태어났다는 사실보다는 소위 '공부를 잘해서' 학교 전체의 존경을 받을 뻔했습니다. 저는 어릴 적부터 몸이 약해서 자주 한 달, 두 달, 또는 일 년 가까이 병상에 누

---

2) 도쿄의 옛 이름.

워 학교를 쉬곤 했습니다. 그래도 병이 낫자마자 인력거를 타고 학교에 가서 학기말 시험을 치면 우리 반 누구보다도 소위 '잘하게' 되어 있는 것 같았습니다. 건강이 좋을 때도 저는 도통 공부를 하지 않았고, 학교에 가도 수업 시간에 만화 따위나 보고 쉬는 시간에는 그것을 설명해 주어서 반 아이들을 웃겼습니다. 또 작문 시간에 우스운 이야기만 써서 선생님한테 주의를 들었지만 그 짓을 그만두지 않았습니다. 사실은 선생님이 은근히 저의 그런 우스꽝스러운 이야기를 즐기고 계신다는 것을 알고 있었기 때문입니다. 어느 날 저는 여느 때처럼 어머니와 함께 상경하는 도중 기차 안에서 객차 통로에 있는 가래 뱉는 항아리에 오줌을 누어 버린 실패담을 짐짓 슬픈 필치로 써서 제출했습니다. 사실 그때 제가 그것이 가래 뱉는 통인 걸 모르고 한 짓은 아니었습니다. 어린아이다운 천진난만함을 과시하기 위해 일부러 그렇게 했던 것입니다. 선생님이 틀림없이 웃으시리라는 자신이 있었기 때문에 교직원실로 돌아가시는 선생님 뒤를 살그머니 쫓아가 보았습니다. 선생님은 교실을 나서자마자 제 작문을 우리 반 아이들의 작문 뭉치 속에서 골라내 읽기 시작하더니 쿡쿡 웃으셨고, 이윽고 교직원실에 들어가서는 다 읽으셨는지 얼굴이 벌겋게 되어 큰 소리로 웃으며 곧바로 다른 선생님한테도 그것을 읽게 하셨습니다. 그것을 확인하고 저는 무척 만족했습니다.

장난꾸러기.

저는 소위 장난꾸러기로 보이는 데 성공했습니다. 존경받는 걸 피하는 데 성공했습니다. 성적표는 전 학과 다 10점 만점이었습니다만 소행이라는 항목만은 7점이거나 6점이거나 해서 그것 또한 온 집안을 웃음바다로 만들었습니다.

그렇지만 제 본성은 장난꾸러기 같은 것하고는 완전히 정반대였습니다. 그 당시 이미 저는 하녀와 머슴한테서 서글픈 일을 배웠고 순결을 잃었습니다. 지금은 어린아이한테 그런 짓을 하는 것은 인간이 저지를 수 있는 범죄 가운데서도 가장 추악하고 천박하고 잔인한 범죄라고 생각합니다. 그러나 그때 저는 참았습니다. 그것으로 인간의 특질을 또 하나 알게 됐다는 생각까지 들었고, 힘없이 웃었습니다. 만일 제가 진실을 말하는 습관이 들어 있었다면 당당하게 그들의 범죄를 아버지 어머니한테 일러바칠 수 있었을지도 모릅니다. 그러나 저는 아버지 어머니조차도 전혀 믿을 수가 없었던 것입니다. 인간에게 호소한다. 그런 수단에 저는 조금도 기대를 걸 수가 없었습니다. 아버지한테 호소해도, 어머니한테 호소해도, 순경한테 호소해도, 정부에 호소해도 결국은 처세술에 능한 사람들의 논리에 져 버리는 게 고작 아닐까.

틀림없이 편파적일 게 뻔해. 필경 인간에게 호소하는 것은 헛일이야. 저는 역시 아무것도 사실대로 말하지 않고 참으며 익살꾼 노릇을 계속할 수밖에 없다는 마음이 되었습니다.

뭐야, 인간에 대한 불신(不信)을 말하고 있는 거야? 흥, 네가 언제부터 기독교인이 됐는데? 하고 조소할 사람도 혹시 있을지 모릅니다. 그러나 인간에 대한 불신이 반드시 곧장 종교의 길로 통하는 것은 아니라고 저는 생각합니다. 사실 그 조소하는 사람을 포함해서 인간은 여호와든 뭐든 생각조차 안

하고 태연하게 살아가고 있지 않습니까? 역시 제가 어렸을 적의 일입니다만 아버지가 속해 있던 어떤 정당의 고명한 인사가 우리 마을에 연설을 하러 와서 저도 머슴들과 함께 극장에 갔습니다. 만원이었습니다. 특히 이 도시에서 아버지와 친하게 지내는 분들의 얼굴이 전부 보였고 모두들 열렬하게 박수를 쳤습니다. 연설이 끝난 후 청중이 삼삼오오 뭉쳐서 한밤의 눈길을 걸어 돌아오는데, 그날 밤의 연설을 마구 깎아내리는 것이었습니다. 그중에는 아버지와 아주 친한 분의 목소리도 섞여 있었습니다. 소위 아버지의 '동지들'이 아버지의 개회사도 형편없었고 예의 고명한 인사의 연설이라는 것도 뭐가 뭔지 도통 알아들을 수가 없었다고 화난 듯한 어조로 말하고 있었습니다. 그러고는 우리 집에 들러서 객실에 들어와서는 아버지한테 오늘 밤의 연설회는 대성공이었다고 진심으로 기뻐하는 얼굴로 말했습니다. 오늘 밤 연설회 어땠어? 하고 어머니가 물으시자, 머슴들까지도 아주 재미있었다고 천연덕스럽게 대답했습니다. 연설회만큼 재미없는 건 없다고 돌아오는 내내 투덜거렸는데 말입니다.

그러나 이런 것은 정말이지 하찮은 예에 지나지 않습니다. 인간의 삶에는 서로 속이면서 이상하게도 전혀 상처도 입지 않고 서로가 서로를 속이고 있다는 사실조차 알아차리지 못하는 듯 정말이지 산뜻하고 깨끗하고 밝고 명랑한 불신이 충만한 것으로 느껴집니다. 그렇지만 저는 서로가 서로를 속이고 있다는 사실 따위에는 그다지 관심이 없습니다. 저도 익살로 아침부터 밤까지 인간들을 속이고 있으니까요. 저는 바른 생활 교과서에 나오는 정의니 뭐니 하는 도덕 따위에는 별로 관심이 없습니다. 저한테는 서로 속이면서 살아가는, 혹은 살아갈 자신이 있는 것처럼 보이는 인간이야말로 난해한 존재인 것입니다. 인간은 끝내 저한테 그 요령을 가르쳐주지 않았습니다. 그것만 터득했더라면 제가 이렇게 인간을 두려워하면서 필사적인 서비스 같은 것을 하지 않아도 됐을 텐데 말입니다. 인간의 삶과 대립되어 밤이면 밤마다 지옥 같은 괴로움을 맛보지 않아도 되었을 텐데 말입니다. 즉 제가 머슴과 하녀들의 그 가증스러운 범죄조차 아무한테도 호소하지 않았던 것은 인간에 대한 불신 때문도 아니고, 또 기독교적 박애주의 때문도 아니고, 인간이 저 요조에게 신용이라는 껍질을 단단히 닫고 있었기 때문이라고 생각합니다. 부모님조차도 제가 이해할 수 없는 면을 가끔 보이셨으니까요.

그리고 아무한테도 호소하지 못하는 저의 이런 고독한 냄새를 많은 여성들이 본능적으로 맡게 된 것이 훗날 그녀들이 저의 약점을 틈타 접근하게 된 이유 중 하나인 것처럼 느껴집니다.

즉 저는 여성들이 보기에 사랑의 비밀을 지켜줄 사나이였다는 얘기입니다.

두 번째 수기

저는 시험공부도 제대로 하지 않았는데도 바닷가, 파도치는 곳이라고 할 수 있을 만큼 바다와 가까운 해안가에 키가 꽤 큰 시커먼 산벚나무가 스무 그루도 넘게 늘어서 있어 신학기가 되면 푸른 바다를 배경으로 산벚꽃이 끈끈해 보이는 갈색 어린잎과 함께 현란한 꽃을 피우고, 꽃이 질 때는 꽃잎이 수없이 바다에 흩뿌려져 해면을 아로새기며 떠돌다 파도를 타고 다시 기슭으로 되돌아오는 벚꽃 모래사장을 그대로 교정으로 쓰고 있는 동북 지방의 어떤 중학교에 그럭저럭 입학할 수 있었습니다. 그 중학교의 교모 휘장에도, 교복 단추에도 도안된 벚꽃이 피어 있었습니다.

학교 바로 가까이에 저희 집안과 먼 친척 되는 분의 집이 있었기 때문에 아버지가 그 바다와 벚꽃의 중학교를 저한테 골라 주셨던 것입니다. 저는 그 집에 맡겨졌고, 학교가 바로 옆이었기 때문에 아침 종이 울리는 것을 듣고 나서야 뛰어서 등교하는 꽤나 게으른 학생이었습니다만, 그래도 예의 익살로 나날이 반에서 인기를 얻어 갔습니다.

태어나서 처음 타향에 나온 셈입니다만 저한테는 그 타향이 제가 태어난 고향보다 훨씬 마음 편하게 느껴졌습니다. 그때쯤에는 제 익살도 좀 더 확고하게 몸에 배서 남을 속이는데 예전만큼 고심할 필요가 없었기 때문이라고 할 수도 있겠지만 그보다는 어떤 천재한테도, 예컨대 하느님의 아들인 예수님한테도 가족과 타인, 고향과 타향 사이에는 연기하는 쉬움과 어려움의 차이가 반드시 존재하지 않을까요? 배우가 제일 연기하기 어려운 곳은 고향의 극장이고, 더욱이 일가친척이 모두 늘어앉은 좁은 공간에서는 아무리 명배우라도 연기 같은 것은 할 수 없지 않을까요? 그래도 저는 연기해 냈습니다. 그것도 꽤나 성공을 거두었습니다. 그만큼 산전수전 다 겪은 제가 타향에 나와서 만에 하나라도 잘못 연기하는 일이 없는 것은 당연한 일이었습니다.

인간에 대한 공포가 예전 못지않게 가슴 밑바닥에서 격렬하게 꿈틀거리고 있었지만 연기는 정말로 자연스럽고 활달해져서 교실에서 늘 반 아이들을 웃겼고, 선생님도 이 반은 오바[3]만 없으면 참 괜찮은 반인데라고 말로는 탄식하면서도 손으로 입을 가리고 웃으셨습니다. 저는 벼락같이 야만스러운 목소리를 내지르는 배속 장교[4]까지도 정말이지 간단하게 웃

---

3) 작중 화자인 요조의 성(姓).

길 수 있었던 것입니다.

이제는 내 정체를 완벽하게 은폐할 수 있겠다 하고 마음을 놓으려던 참에 저는 실로 불의의 칼을 등 뒤에서 맞았습니다. 등 뒤에서 남을 찌르는 사나이의 예에 어긋나지 않게 반에서 가장 빈약한 몸집에 얼굴도 시퍼렇고, 아버지나 형한테서 물려받은 것이 분명한 쇼토쿠 태자의 옷처럼 소매가 긴 윗도리를 입은, 공부는 전혀 못하고 교련이나 체육 시간에도 언제나 견학만 하는 백치 비슷한 학생이었습니다. 저조차도 그 학생까지 경계할 필요성은 미처 못 느끼고 있었던 것입니다.

그날 체육 시간에 다케이치는(성은 기억 못 합니다만 이름은 다케이치였던 것으로 기억하고 있습니다.) 여느 때와 같이 견학을 하고 있었고, 저희들은 철봉 연습을 하고 있었습니다. 저는 일부러 할 수 있는 한 엄숙한 얼굴로 철봉을 향해 에잇 하고 소리를 지르며 달려가서는 그대로 멀리뛰기 하는 것처럼 앞으로 날아가 모래밭에 쿵 엉덩방아를 찧었습니다. 물론 계획적인 실패였습니다. 예상했던 대로 모두 폭소를 터뜨렸고 저도 쓴웃음을 지으면서 일어나 바지에 묻은 모래를 털고 있는데, 언제 왔는지 다케이치가 제 등을 찌르면서 낮은 목소리로 이렇게 속삭였습니다.

"부러 그랬지?"

세상이 뒤집히는 것 같았습니다. 일부러 실패했다는 사실을 다른 사람도 아닌 다케이치한테 간파당하리라곤 생각도

---

4) 당시 중고등학교에 배치되었던 교련 담당 군인.

못 했기 때문입니다. 온 세상이 일순간에 지옥의 업화에 휩싸여 불타오르는 것을 눈앞에 보는 듯하여 저는 왁 하고 소리치면서 발광할 것 같은 기색을 필사적으로 억눌렀습니다.

그때부터 계속된 나날의 불안과 공포.

겉으로는 여전히 서글픈 익살을 연기해 모두를 웃기면서도 문득 저도 모르게 괴로운 한숨이 새어 나왔습니다. 무슨 짓을 하든 다케이치가 낱낱이 간파하고 있다, 그리고 이제 곧 그 녀석이 아무한테나 이 얘기를 퍼뜨리고 다닐 게 틀림없다고 생각하면 이마에 축축하게 진땀이 솟았고, 미치광이 같은 묘한 눈초리로 희번덕거리며 공연히 주변을 둘러보게 되었습니다. 할 수만 있다면 아침, 낮, 밤, 스물네 시간 꼬박 다케이치 곁에 붙어서 비밀을 퍼뜨리지 못하게 감시하고 싶었습니다. 녀석한테 들러붙어 있는 동안 내 익살이 '일부러 하는 행동'이 아니라 진짜라고 믿게끔 할 수 있는 노력이란 노력은 다 하고, 잘만 된다면 녀석하고 다시없는 친구가 돼 버리고 싶다, 만일 이도 저도 다 불가능하다면 그때는 그의 죽음을 빌 수밖에 없다고까지 외곬으로 생각했습니다. 그렇지만 아무리 그래도 그를 죽이려는 마음은 일어나지 않았습니다. 저는 지금까지 살아오면서 남이 저를 죽여 줬으면 하고 바란 적은 여러 번 있지만 남을 죽이고 싶다고 생각한 적은 한번도 없습니다. 그것은 오히려 상대방을 행복하게 만드는 일일 뿐이라고 생각했기 때문입니다.

저는 그를 손아귀에 넣기 위해 우선 얼굴에 사이비 기독교인 같은 '정다운' 미소를 띠고 고개를 삼십 도 정도 왼쪽으로 갸우뚱 기울이고는 그의 작은 어깨를 가볍게 끌어안고 여자를 꼬일 때처럼 달콤한 목소리로 제가 하숙하고 있는 집으로 놀러 가자고 종종 말했습니다. 그러나 그는 언제나 멍한 눈초리를 한 채 잠자코 있었습니다. 그러던 어느 날 방과 후(분명 초여름경의 일입니다.) 소낙비가 뿌옇게 쏟아져서 다른 아이들은 어떻게 집에 갈지 난처해하고 있었습니다만, 저는 집이 바로 옆이었기 때문에 개의치 않고 밖으로 튀어 나가려다 문득 다케이치가 신발장 뒤에 풀 없이 서 있는 것을 발견했습니다. 같이 가자, 우산 빌려줄게 하고 말한 뒤 주저하는 다케이치의 손을 끌고 함께 소낙비 속을 달려 집에 도착해 아줌마한테 두 사람의 윗도리를 말려달라고 부탁하고 다케이치를 2층에 있는 제 방으로 끌어들이는 데 성공했습니다.

그 집에는 쉰이 넘은 아줌마와 서른 정도 나이에 안경을 쓰고 어딘가 병색이 있는 키가 큰 누나(한 번 시집을 갔다가 집에 돌아와 있는 사람이었습니다. 저는 이 사람을 이 집 식구들처럼 언니라고 부르고 있었습니다.) 그리고 여학교를 갓 졸업한 듯한 세쓰라고 하는, 언니와는 달리 키가 작고 얼굴이 둥근 여동생, 이렇게 셋뿐이었습니다. 아래층에 있는 가게에 문방구랑 운동용품 등을 약간 늘어놓고 팔고 있었습니다만, 주된 수입은 돌아가신 주인이 남겨 놓은 대여섯 채 되는 작은 셋집에서 나오는 집세인 것 같았습니다.

"귀가 아파."

다케이치는 선 채로 이렇게 말했습니다.

"비를 맞았더니 귀가 아파."

제가 들여다보니 양쪽 귀가 심하게 곪아서 고름이 금방이라도 귀 밖으로 흘러나오려 하고 있었습니다.

"야, 이거 안 되겠네. 아프겠다."

저는 허풍스럽게 놀란 표정을 해 보였습니다.

"빗속으로 끌어내서 미안해."

여자 같은 말투로 '다정하게' 사과하고 나서 아래층에 내려가 솜과 알코올을 얻어 가지고 와서 다케이치를 제 무릎에 눕히고 꼼꼼하게 귀 청소를 해주었습니다. 다케이치도 설마하니 저의 그런 행동이 위선에 찬 계략이라고는 눈치채지 못한 듯 제 무릎에 누운 채 "틀림없이 여자들이 너한테 홀딱 반할 거야."라고 무식한 아부를 할 정도였습니다.

그 말이 다케이치 자신도 의식하지 못했던 악마의 끔찍한 예언 같은 것이었음을 저는 나중에 절감했습니다. 내가 반한다느니 남이 반한다느니 하는 말은 퍽 천박하고 능글맞은 느낌이어서, 소위 아무리 '엄숙'한 장면이라도 이 말이 불쑥 얼굴을 내밀면 진지하고 고고한 대가람이 붕괴해 그저 두루뭉술하고 밋밋해져 버리는 것처럼 느껴집니다. 그러나 반하는 쓰라림 등의 속된 말 말고 '사랑받는 불안' 같은 문학적 용어를 쓰면 그런대로 고고한 대가람이 붕괴하는 일은 없는 듯하니 참 묘합니다.

제가 귀의 고름을 닦아 주자 다케이치는 장차 너한테 여자들이 반할 거야라는 바보 같은 아부를 했고 그때 저는 얼굴이 붉어져서 웃기만 하고 아무 말도 하지 못했습니다만, 사실은 희미하게 짚이는 바가 있었습니다. '여자들이 반할 거야'와 같은 야비한 말이 자아내는 천박한 분위기에 대해 듣고 보니 짚이는 바가 있었다고 쓰는 것은 만담에 등장하는 덜떨어진 부잣집 서방님의 대사조차 못 되는 어리석은 감회를 나타내는 것 같지만 제가 그런 실없고 능글맞은 마음으로 '짚이는 바가 있었다'고 한 것은 아닙니다.

저한테는 인간 중에서 여성이 남성보다 몇 배나 더 난해했습니다. 제 가족 중에는 여자가 남자보다 훨씬 많았고 친척 중에도 계집애가 많았으며 예의 '범죄'를 저지른 하녀 등도 있어서 저는 어렸을 때부터 여자하고만 놀면서 컸다고 해도 과언이 아닙니다만, 정말이지 저는 살얼음을 밟는 느낌으로 그 여자들을 대해 왔던 것입니다. 거의, 아니, 전혀 짐작도 할 수 없었습니다. 어쩌다 호랑이 꼬리를 밟는 실수를 저질러서 끔찍한 상처를 입기도 했는데, 그게 또 남자들한테서 받는 상처하고는 달라서 내출혈처럼 몹시 불쾌하게 안으로 안으로 파고들어가는, 좀처럼 치유가 되지 않는 상처였던 것입니다.

여자는 자기가 먼저 유인했다가도 내치고, 또 남이 있는 곳에서는 저를 경멸하고 함부로 대하다가도 아무도 없으면 꼭 끌어안고, 죽은 것처럼 깊이 잠들었습니다. 여자란 잠자기 위해 사는 것이 아닐까 등등 그 밖에도 저는 여자에 대한 갖가지 관찰을 일찌감치 어릴 때부터 해 왔습니다만, 여자는 똑같은 인류 같으면서도 남자하고는 완전히 다른 생물처럼 느껴졌습니다. 그런데 또 이 불가해하고 마음을 놓을 수 없는 생물들이 기묘하게도 저를 돌봐주고 싶어 하는 것이었습니다. '너한테 반할 거야' 따위의 말이나 '좋아할 거야'라는 말은 제 경우에는 전혀 적합하지 않고, 돌봄을 받는다고 하는 편이 실상을 설명하는 데 좀 더 적합할지 모르겠습니다.

여자들은 남자들보다 익살에 경계심이 없는 것 같았습니다. 제가 익살을 부려도 남자들은 언제까지나 계속 깔깔거리지는 않았고 저도 남자들한테 너무 신명 나게 익살을 떨면 실패한다는 사실을 잘 알고 있었기 때문에 적당한 선에서 그만두도록 조심했습니다. 그러나 여자들은 적당하다는 것이 무엇인지 모르는 생물 같아서 언제까지나 저한테 익살 떨기를 요구했고, 저는 그 끝없는 앙코르에 응하느라 기진맥진해 버리곤 했습니다. 정말이지 잘도 웃어댔습니다. 도대체가 여자들은 남자들보다 쾌락에 훨씬 더 탐욕스러운 듯합니다.

제가 중학교 시절에 신세 지던 하숙집 누나와 여동생도 틈만 나면 2층 제 방에 올라왔고, 저는 그때마다 튀어 오를 정도로 깜짝 놀라고 그저 두려울 따름이었습니다.

"공부해?"

"아니요."

저는 미소 지으며 책을 덮었습니다.

"오늘 학교에서 말이죠, 곤본이라는 지리 선생이 말이죠."

제 입에서 슬슬 나오는 것은 마음에도 없는 우스갯소리였습니다.

"요조, 안경 좀 써 봐."

어느 날 밤 여동생 세쓰가 언니와 함께 제 방에 놀러 와서 저에게 실컷 익살을 떨게 한 후 이렇게 말했습니다.

"왜?"

"글쎄 한번 써 봐. 언니 안경을 빌려서."

언제나 이런 난폭한 명령조로 말하는 것이었습니다. 익살꾼은 순순히 언니의 안경을 썼습니다. 그 순간 두 아가씨는 데굴데굴 구르면서 웃음을 터뜨렸습니다.

"꼭 닮았어. 로이드하고 똑같아."

당시 해럴드 로이드인가 하는 외국의 희극 배우가 일본에서 인기가 있었습니다. 저는 일어서서 한 손을 들고 "여러분." 하고 말한 뒤 "이번에 일본의 팬 여러분에게……."라고 일장 연설을 시도해 보여 실컷 웃기고 나서 로이드의 영화가 극장에서 상영될 때마다 보러 가서는 몰래 그의 표정 같은 것을 연구했습니다.

또 어느 가을밤 제가 누워서 책을 읽고 있으려니까 언니가 새처럼 날쌔게 방에 들어오더니 갑자기 제 이불 위에 쓰러져 우는 것이었습니다.

"요조가 날 도와줄 거지, 그렇지? 이런 집에선 함께 나가 버리는 게 낫겠어. 날 도와줘. 응? 도와줘."

이렇게 과격한 소리를 하고는 또 우는 것이었습니다. 그렇지만 저는 여자가 그런 행동을 하는 걸 처음 보는 것이 아니었기 때문에 언니의 과격한 말에도 그다지 놀라지 않았습니다. 오히려 그 진부함, 내용 없음에 흥이 깨진 심정으로 살그머니 이불에서 빠져나와 책상 위의 감을 깎아서 한 조각을 언니한테 건네주었습니다. 그러자 언니는 훌쩍거리면서 그 감을 먹고는 말했습니다.

"뭐 재미있는 책 없어? 빌려줘요."

저는 나쓰메 소세키의 『나는 고양이로소이다』라는 책을 책장에서 골라 주었습니다.

"잘 먹었어요."

언니는 부끄러운 듯이 웃으면서 방에서 나갔습니다만, 언니뿐 아니라 여자들이 도대체 어떤 마음으로 살고 있는가를 추측하는 일은 저한테는 지렁이의 생각을 탐색하는 것보다도 까다롭고 귀찮고 소름 끼치는 일로 느껴졌습니다. 저는 다만 여자가 그런 식으로 갑자기 울 때는 뭔가 단것을 주면 기분이 나아진다는 사실만은 어렸을 때부터 경험으로 알고 있었던 것입니다.

또 여동생 세쓰는 친구들을 제 방으로 데리고 와서는 여느 때처럼 제가 모두를 웃긴 뒤에 친구가 돌아가고 나면 언제나 그 친구의 험담을 하곤 했습니다. 꼭 걔는 불량소녀니까 조심하라고 말하는 것이었습니다. 그렇다면 일부러 끌고 오지 않으면 될 텐데. 덕분에 제 방에 오는 손님은 거의 전부 여자가 되어 버렸습니다.

그렇지만 그것은 아직 다케이치가 아부했던 '홀딱 반할 거야'라는 얘기의 실현은 아니었습니다. 즉 저는 일본 동북 지방의 해럴드 로이드에 지나지 않았던 것입니다. 다케이치의 무지한 아부가 역겨운 예언으로, 생생하고도 불길한 형태로 현실이 된 것은 그러고 나서도 몇 년이 더 지난 뒤였습니다.

다케이치는 저한테 중요한 선물을 또 하나 주었습니다.

"도깨비 그림이야."

언젠가 다케이치가 놀러 와서는 한 장의 원색판 삽화를 득

의양양하게 보여주면서 이렇게 설명했습니다.

저는 저런 하고 생각했습니다. 작금에 이르니 그 순간에 제가 갈 길이 결정된 것이라는 생각이 자꾸 듭니다. 저는 알고 있었습니다. 그 그림이 고흐의 자화상이라는 사실을. 저희가 소년이었던 시절, 일본에서는 프랑스 인상파의 그림이 대유행이어서 서양화 감상의 첫걸음은 대체로 거기서부터 시작되었고 고흐, 고갱, 세잔, 르누아르 같은 사람들의 그림은 시골 중학생이라 하더라도 대개 사진을 보아서 알고 있었던 것입니다. 저도 고흐의 컬러 화집을 꽤 많이 보았고 그 기법의 뛰어남, 색채의 선명함에 흥취를 느끼고는 있었습니다만 도깨비 그림이라고는 단 한번도 생각한 적이 없었습니다.

"그럼 이런 건 어떨까? 역시 도깨비일까?"

저는 책장에서 모딜리아니의 화집을 꺼내 햇볕에 탄 구릿빛 피부의 나체화를 다케이치에게 보여 주었습니다.

"굉장한데."

다케이치는 눈을 휘둥그렇게 뜨고 감탄했습니다.

"지옥의 말 같아."

"역시 도깨비인가?"

"나도 이런 도깨비 그림을 그리고 싶어."

인간을 너무 두려워하는 사람들이 오히려 더 무시무시한 요괴를 자기 눈으로 확실히 보고 싶어 하는 심리. 신경이 날카롭고 쉽게 겁먹는 사람일수록 폭풍우가 더 강하게 몰아치기를 바라는 심리. 아아, 이 일군의 화가들은 인간이라는 도깨비에게 상처 입고 위협받다 끝내는 환영을 믿게 되었고 대낮의 자연 속에서 생생하게 요괴를 본 것입니다. 그리고 그들은 그것을 익살 따위로 얼버무리지 않고 본 그대로 표현하려고 노력한 것입니다. 다케이치가 말한 것처럼 과감하게 '도깨비 그림'을 그려 낸 것입니다. 여기 장래 나의 동료가 있다고 생각한 저는 눈물이 날 정도로 흥분해서 "나도 그릴 거야. 도깨비 그림을 그릴 거야. 지옥의 말을 그릴 거야."라고 왠지 모르지만 아주 낮은 목소리로 다케이치에게 말했습니다.

　저는 초등학교 때부터 그림을 그리는 것도, 보는 것도 좋아했습니다. 그렇지만 제가 그린 그림은 제 작문만큼 평판이 좋지는 않았습니다. 저는 도대체가 인간의 말을 도통 신용하지 않았기 때문에 작문 같은 것은 저한테 그저 익살꾼의 인사말 같은 것이어서 초등학교, 중학교 때까지 계속해서 선생님들을 좋아서 미쳐 날뛰게 했습니다만 저 자신은 전혀 재미를 느끼지 못했고, 그림은(만화 같은 것은 별도입니다만) 어린아이 수준의 아류작밖에 못 그리긴 했지만 대상을 표현하느라 나름대로 다소 고심했던 것입니다. 그런데 미술 시간에 본으로 쓰는 그림은 시시했고 선생님의 그림도 형편없어서, 저는 표현 기법을 엉터리로 혼자 연구하고 실험해 보지 않으면 안 되었습니다. 중학교 때 저는 유화 도구도 한 벌 갖고 있었지만, 인상파 화풍을 따라 그려 봐도 제가 그린 그림은 마치 일본의 전통 종이 공예처럼 밋밋한 게 도통 물건이 될 것 같지 않았습니다. 그렇지만 다케이치의 말을 듣고 그때까지 그림에 대한 제 마음가짐이 완전히 잘못된 것이었음을 깨달았습니다. 아름답다고 느낀 것을 아름답게만 표현하려고 노력하는 안이함과 어리석음. 대가들은 아무것도 아닌 것을 주관에 의해 아름답게 창조하거나 추악한 것에 구토를 느끼면서도 그에 대한 흥미를 감추지 않고 표현하는 희열에 잠겼던 것입니다. 즉 남이 어떻게 생각하든 조금도 상관하지 않는다는 원초적인 비법을 다케이치한테서 전수받은 저는 예의 여자 손님들 몰래 조금씩 자화상 제작에 착수했습니다.

제가 봐도 흠칫할 정도로 음산한 그림이 완성되었습니다. 이것이야말로 가슴속에 꼭꼭 눌러 감추고 감추어 온 내 정체다. 겉으로는 명랑하게 웃으며 남들을 웃기고 있지만 사실 나는 이렇게 음산한 마음을 지니고 있어. 어쩔 수 없지 하고 혼자 인정하고는 그 그림은 다케이치 외에는 아무한테도 보여주지 않았습니다. 제 익살 밑바닥에 있는 음산함을 간파당하여 하루아침에 경계받게 되는 것이 싫었고, 어쩌면 이것이 내 정체인 줄 모르고 또 다른 취향의 익살로 간주되어 웃음거리가 될지 모른다는 의구심도 일었기 때문입니다. 만일 그렇게 된다면 그건 제일 가슴 아픈 일이 될 것이기 때문에 그 그림은 바로 이불장 깊숙이 넣어 두었습니다.

그리고 미술 시간에는 그 '도깨비식 화법'은 숨긴 채 그때까지 하던 대로 아름다운 것을 아름답게 그리는 평범한 기법을 썼습니다.

다케이치한테만은 전부터 저의 상처 입기 쉬운 내면을 예사롭게 보여 왔기 때문에 이번 자화상도 다케이치한테는 마음 놓고 보여 주어서 대단한 칭찬을 들었고, 잇따라 도깨비 그림을 두 장, 세 장 그려서 다케이치한테서 "너는 위대한 화가가 될 거야."라는 또 하나의 예언을 듣게 되었습니다.

바보 다케이치는 여자가 홀딱 반할 거라는 예언과 위대한 화가가 될 거라는 예언, 이 두 가지 예언을 제 이마에 새겨 주었고 저는 이윽고 도쿄로 상경했습니다.

저는 미술 학교에 들어가고 싶었지만 아버지는 전부터 저를 고등학교에 넣어서 장차 관리로 만들 생각이셨고 저한테도 그 말씀을 분명하게 하셨기 때문에 저는 말대꾸라곤 전혀 하지 못하고 멀거니 그 말씀을 따랐습니다. 4학년이 되자 시험을 쳐 보라고 말씀하시기에 저 역시 벚꽃과 바다의 중학교에 어지간히 싫증 나 있던 참이라 4학년을 수료한 뒤 5학년으로 진급하지 않고 도쿄의 고등학교에 시험을 쳐서 합격하고 바로 기숙사 생활에 들어갔습니다. 그러나 기숙사의 불결함과 조악스러움에 질려 익살을 떨기는커녕 의사한테서 폐결핵이라는 진단서를 받고 기숙사에서 나와 우에노의 사쿠라기동에 있는 아버지의 별택으로 옮겼습니다. 저한테는 단체 생활이라는 것이 아무래도 불가능한 것 같았습니다. 또 '청춘의 감격'이라든가 '젊은이의 긍지'라든가 하는 말은 듣기만 해도 닭살이 돋았고, '고교생의 기개'라느니 하는 것은 도저히 좇아갈 수가 없었던 것입니다. 교실도 기숙사도 비뚤어진 성욕의 쓰레기통으로 느껴졌으며, 저의 완벽에 가까운 익살도 거기서는 아무 소용이 없었습니다.

아버지는 의회가 열리지 않을 때는 한 달에 일주일 내지 이주일만 그 집에 묵으셨기 때문에 아버지가 안 계실 때는 상당히 넓은 그 집에 집 지키는 노부부와 저, 이렇게 셋뿐이어서 저는 슬쩍슬쩍 학교를 빼먹었습니다. 그렇다고 도쿄 구경 같은 걸 할 마음도 없어서(저는 끝내 메이지 신궁도 구스노키 마사시게의 동상도 센가쿠사 사십칠 의사(義士)의 무덤도 가지 않고 말았습니다.) 집에서 하루 종일 책을 읽거나 그림을 그리거나 하며 보냈습니다. 아버지가 상경하시면 매일 아침 서둘러 등교했습니다만, 사실은 혼고의 센다기 동에 있는 서양화가 야스타 신타로 선생의 화방에 가서 세 시간이고 네 시간이고 데생 연습을 한 적도 있었습니다. 기숙사에서 나오고 나니까 학교에 가도 제가 마치 청강생 같은 특별한 위치에 있는 듯해서, 제 자격지심이었는지도 모르겠습니다만, 뭐랄까 저 스스로 흥을 잃게 되어 학교에 가는 것이 점점 내키지 않게 되었던 것입니다. 저는 끝내 애교심이라는 것을 이해하지 못한 채 초등학교, 중학교, 고등학교를 마쳐 버렸습니다. 교가 같은 것도 한번도 외우려고 한 적이 없었습니다.

이윽고 저는 화방에서 어떤 미술 학도로부터 술과 담배와 창녀와 전당포와 좌익 사상을 배우게 되었습니다. 묘한 배합입니다만 사실입니다.

그 미술 학도는 호리키 마사오라고 하며 도쿄의 상인 계층이 사는 시타마치5)에서 태어났고 저보다 여섯 살 나이가 많았습니다. 사립 미술 학교를 졸업한 뒤 집에 아틀리에가 없어서 화방에 다니면서 서양화 공부를 계속하고 있다고 했습니다.

---

5) 도쿄의 저지대를 가리키는 말.

"오 엔만 빌려줄 수 없을까?"

그저 서로 얼굴을 알고 있는 정도였고 그때까지 말 한마디 나눈 적도 없었습니다. 저는 당황해서 어쩔 줄 모르면서 오 엔을 내밀었습니다.

"좋아, 마시자. 내가 너한테 한턱내는 거야. 착한 꼬마로군."

차마 거절하지 못하고 화방에서 가까운 호라이 동의 카페로 끌려간 것이 그와의 교우의 시작이었습니다.

"전부터 자네를 주목하고 있었지. 그래, 바로 그거야. 그 수줍어하는 듯한 미소. 그것이 장래성 있는 예술가 특유의 표정이라고. 자, 서로 알게 된 기념으로 건배! 기누 씨, 이 녀석 미남이지? 그렇다고 반하면 안 돼. 이 녀석 덕분에 유감스럽게도 난 화방에서 두 번째 미남이 되어 버렸어."

호리키는 가무잡잡하고 단정한 얼굴에 그림 그리는 학생으로서는 드물게 반듯한 양복을 입고, 넥타이를 고르는 취향도 얌전하고, 머리카락은 포마드를 발라 찰싹 붙이고 가운데 가르마를 타고 있었습니다.

저는 익숙하지 않은 장소이기도 한 데다 그저 겁이 나서 팔짱을 끼었다 풀었다 하며 말 그대로 수줍어하는 듯한 미소만 띠고 있었습니다만, 맥주를 두서너 잔 마시는 동안 묘하게 해방된 듯한 홀가분함을 느끼기 시작했습니다.

"저는 미술 학교에 들어가려고 하는데요……."

"야야, 시시해. 그런 곳은 시시하다고. 학교란 시시한 거야. 우리의 스승은 자연 속에 있나니! 자연에 대한 정열!"

그러나 저는 그의 말에 도통 경의를 느끼지 못했습니다. 바보군, 그림도 시원찮을 게 틀림없어. 그렇지만 놀기에는 괜찮은 상대일지도 모른다고 생각했습니다. 즉 저는 그때 태어나서 처음으로 도회지의 진짜 건달을 만난 것입니다. 그는 저와 형태는 달랐지만 인간의 삶에서 완전히 유리되어 갈피를 못 잡고 있다는 점에서는 분명히 저의 동류였습니다. 그가 의식하지 못한 채 익살꾼 노릇을 하고 있다는 것, 게다가 익살꾼의 비참함을 전혀 깨닫지 못하고 있다는 것이 저하고는 본질적으로 다른 점이었습니다.

그냥 노는 것뿐이야, 놀이 상대로 사귀는 것뿐이야 하고 언제나 그를 경멸하고 때로는 그와의 교제를 부끄럽게 여기기까지 했으면서도, 같이 다니는 사이에 결국 이 사나이한테조차 당하고 말았습니다.

처음에는 그 남자를 호인, 드물게 보이는 호인이라고만 생각하고 그렇게 인간 공포증이 심한 저도 완전히 방심한 채 좋은 도쿄 안내자가 생겼다 정도로 여기고 있었습니다. 사실 저는 혼자 전차를 타면 차장이 무섭고, 가부키 극장에 가고 싶어도 붉은 카펫이 깔려 있는 현관 계단 양쪽에 죽 늘어서 있는 안내양들이 무섭고, 레스토랑에서는 등 뒤에 조용히 서서 접시가 비기를 기다리는 웨이터가 무섭고, 특히 돈을 치를 때 아아, 그 어색한 손놀림을 견딜 수가 없었습니다. 저는 뭔가를 사고 나서 돈을 건넬 때면 인색해서가 아니라 너무 긴장하고 너무 부끄럽고 너무 불안하고 너무 두려워서 어찔어찔 현기증이 나고 눈앞이 캄캄해지고 거의 반쯤 미친 것처럼 되어 값을 깎기는커녕 거스름돈 받는 것조차 잊어버릴뿐더러 산 물건을 가져오는 것조차 잊은 적도 종종 있었기 때문에 도저히 혼자서는 도쿄 거리를 다닐 수가 없었고, 그래서 어쩔 수 없이 온종일 집 안에서 뒹굴거리며 시간을 보낸 속사정도 있었던 것입니다.

그런데 호리키한테 지갑을 맡기면 엄청나게 값을 잘 깎는데다, 잘 놀 줄 안다고나 할까, 얼마 안 되는 돈으로 최대의 효과가 나게 돈을 썼으며, 비싼 택시는 멀리하고 전차, 버스, 증기선 등을 각각 잘 활용해 최단 시간에 목적지에 도착하는 수완도 보였습니다. 또 아침에 매춘부한테서 돌아올 때면 무슨 무슨 요정에 들러 목욕을 하고 따끈한 두부에 가볍게 술한잔하는 것이 몇 푼 들지 않으면서도 호사스러운 기분을 느끼게 해 준다고 현장 교육도 시켜 주었습니다. 그 외에도 포장마차의 소고기 덮밥, 참새구이가 싸면서도 자양분이 풍부하다는 사실을 설교했고, 전기 블랑6)만큼 술기운이 빨리 도는 것은 없다고 보증했습니다. 어쨌든 계산하는 일에 관해서는 저한테 일말의 불안이나 공포도 느끼게 한 적이 없었습니다.

호리키와 교제하면서 또 좋았던 점은 호리키가 상대방의 생각 따위는 완전히 무시하고 소위 자신의 정열이 분출하는 대로(혹은 그 정열이 상대방의 입장을 무시하는 것인지도 모르지요.) 온종일 시시한 얘기를 계속 지껄여대서, 둘이서 걷다가 지쳐도 어색한 침묵에 빠지게 될 염려가 전혀 없다는 사실이

---

6) 아사쿠사에 있는 바에서 파는, 마시면 온몸에 전기가 찌르르 흐르는 것처럼 느껴지는 브랜디.

었습니다. 사람과 접할 때면 끔찍한 침묵이 내려앉을 것을 경계하느라 원래는 입이 무거운 제가 죽기 아니면 살기로 익살을 떨었지만, 이제는 호리키 이 바보가 무의식적으로 익살꾼 역할을 자진해서 대신해 주었기 때문에 저는 대답도 제대로 하지 않고 그저 흘려들으면서 가끔 설마 하는 등 맞장구를 치면서 웃기만 하면 되었던 것입니다.

술, 담배, 창녀, 그런 것들이 인간에 대한 공포를 잠시나마 잊게 해 주는 상당히 괜찮은 수단이라는 사실을 저도 이윽고 알게 되었습니다. 그런 수단들을 구하기 위해서라면 제 소유물을 모두 팔아 치워도 후회하지 않을 것 같은 마음까지 들었습니다.

저한테 창녀라는 것은 인간도 여성도 아닌 백치 혹은 미치광이처럼 느껴져서 그 품 안에서는 완전히 안심하고 푹 잘 수 있었습니다. 그들 모두가 서글플 만큼, 정말이지 티끌만큼도 욕심이라는 것이 없었습니다. 그리고 저에게서 동류로서의 친근감 같은 것을 느끼는지, 저는 언제나 창녀들로부터 거북살스럽지 않을 정도의 자연스러운 호감을 샀습니다. 아무런 타산도 없는 호의, 강요하지 않는 호의, 두 번 다시 오지 않을지도 모르는 사람에 대한 호의. 저는 백치 아니면 미치광이 같은 그 창녀들한테서 마리아의 후광을 실제로 본 적도 있습니다.

그러나 제가 인간에 대한 공포에서 도망쳐 조촐한 하룻밤의 안식을 찾아 그야말로 저와 '동류'인 창녀들하고 어울리는 동안, 어느 틈엔지 저도 의식하지 못하는 사이에 일종의 역겨운 기운이 저에게서 풍기게 된 모양입니다. 그것은 저도 전혀 예상하지 못했던 소위 '부록'이었습니다만 그 부록은 점차 선명하게 표면으로 떠올랐고, 저는 호리키한테서 그 사실을 지적당하고는 아연실색하고 기분이 상했습니다. 속된 말로 저는 창녀로 여자 수행을 쌓았고, 거기다가 최근에는 여자 다루는 솜씨가 눈에 띄게 좋아졌던 것입니다. 여자 수행은 창녀한테서 쌓는 것이 제일 엄격하고 효과도 있다고 하던데, 이미 저한테는 '여자를 잘 다루는 도사' 냄새가 배어 버려서 여자들이 (창녀뿐 아니라) 본능적으로 그 냄새를 맡고 접근하는, 추잡하고도 불명예스러운 분위기가 몸에 배어들었고 그런 점이 제가 창녀들에게서 얻은 정신적 휴양 따위보다 훨씬 더 두드러지게 눈에 띄었나 봅니다.

호리키는 반은 공치사로 그 말을 한 것이겠지만 슬프게도 저 또한 짚이는 바가 있었습니다. 예컨대 다방 여종업원한테서 유치한 편지를 받은 기억도 있고, 사쿠라기 동의 이웃집 장군 댁의 스무 살 정도 되는 따님이 매일 아침 제가 등교하는 시간에 별로 볼일도 없는 것 같은데 옅은 화장을 하고 자기 집 문을 들락거리기도 하고, 소고기를 먹으러 가면 제가 점잖게 있어도 일하는 여자가 편지를 건네고, 단골 담배 가게 딸이 건네준 담뱃갑 안에서 편지가 나오고, 가부키를 보러 갔을 때 옆자리에 앉았던 여자한테서, 또 한밤중에 취해서 전철에서 자다가 편지를 받고, 생각지도 않았던 고향의 친척 집 딸한테서 애절한 편지가 오곤 했습니다. 또 누군지 알 수 없는 아가씨가 제가 집을 비운 사이에 손수 만든 듯한 인형을 놓고 가기도 했지요. 제가 극도로 소극적이었기 때문에 모든 것이 그뿐으로 끝나 버려서 그 이상의 진전은 전혀 없었습니다만, 뭔가 여자들로 하여금 꿈을 꾸게 만드는 분위기가 저의 어딘 가에 달라붙어 있다는 사실은 여복(女福) 자랑이니 뭐니 하는 바보 같은 농담이 아닌 부정할 수 없는 사실이었던 것입니 다. 저는 호리키 같은 놈한테서 그 사실을 지적받고 굴욕 비슷한 씁쓸함을 느낌과 동시에, 창녀들과 같이 지내는 일에도 단 박에 흥미를 잃었습니다.

호리키는 최신 유행을 좇는 그런 허세(호리키의 경우 저는 지금도 이것 외의 다른 이유는 떠올릴 수가 없습니다.)에 더해 어느 날 저를 공산주의 독서회(R.S.라고 했던 것 같은데 기억이 분명 치 않습니다.)인가 하는 비밀 연구회에 데리고 갔습니다. 호리 키 같은 인물에게는 공산주의 비밀 모임도 예의 '도쿄 안내' 가운데 하나에 지나지 않았는지도 모릅니다. 저는 소위 '동지 들'한테 소개되었고, 팸플릿을 몇 개 사게 되었고, 상석에 있 던 퍽 못생긴 청년한테서 마르크스 경제학에 대한 강의를 들 었습니다. 저한테는 그 얘기가 당연하고 빤한 얘기로 느껴졌 습니다. 그야 그렇겠지만 인간의 마음에는 속을 알 수 없는 더 끔찍한 것이 있다. 욕심이라는 말로도 부족하고, 허영이라는 말로도 부족하고, 색(色)과 욕(慾), 이렇게 두 개를 나란히 늘 어놓고 보아도 부족한 그 무엇. 저로서는 그것이 무엇인지 알 수 없었지만, 인간 세상의 밑바닥에는 경제만이 아닌 묘한 괴 담 비슷한 것이 있는 것처럼 느껴졌습니다. 그 괴담에 잔뜩 겁 먹은 저는 소위 유물론이라는 것을 물 흐르듯 자연스럽게 수 긍하면서도 그것을 통해 인간에 대한 공포에서 해방되거나 새

싹을 보고 희망의 기쁨을 느끼거나 할 수는 없었던 것입니다. 그렇지만 저는 한번도 빠지지 않고 그 R.S.(라고 했던 걸로 기억합니다만 아닌지도 모릅니다.)라는 곳에 출석했고, '동지'들이 무슨 큰일이나 되는 것처럼 긴장한 얼굴로 '1 더하기 1은 2'나 다름없는, 거의 초등 수학 비슷한 이론 연구에 몰두하는 것이 우스꽝스러워서 예의 제 익살로 모임의 긴장감을 풀어 주려고 노력했습니다. 그 덕분인지 점차 연구회의 무거운 분위기가 풀어져서 제가 그 모임에 없어서는 안 되는 인기 있는 존재가 되어버렸나 봅니다. 그 단순해 보이는 사람들은 저를 자기들처럼 단순하고 낙천적인 익살꾼 동지 정도로 생각하고 있었는지도 모릅니다. 만일 그렇다면 저는 그 사람들을 하나부터 열까지 속이고 있었던 셈입니다. 저는 동지가 아니었으니까요. 그래도 그 모임에 빠지지 않고 꼬박꼬박 출석해 모두에게 익살을 서비스했습니다.

좋아했기 때문입니다. 그 사람들이 마음에 들었기 때문입니다. 그러나 반드시 마르크스로 맺어진 친근감 때문은 아니었습니다.

비합법. 저는 그것을 어렴풋하게나마 즐겼던 것입니다. 오히려 마음이 편했던 것입니다. 이 세상의 합법이라는 것이 오히려 두려웠고(그것에서는 한없는 강인함이 느껴졌습니다.) 그 구조가 불가해해서, 창문도 없고 뼛속까지 냉기가 스며드는 그 방에 도저히 앉아 있을 수가 없어서 바깥이 비합법의 바다라 해도 거기에 뛰어들어 헤엄치다 죽음에 이르는 편이 저한테는 오히려 마음이 편했던 것 같습니다.

'음지의 사람'이라는 말이 있습니다. 인간 세상에서는 비참한 패자 또는 악덕한 자를 지칭하는 말 같습니다만, 저는 태어날 때부터 음지의 존재였던 것 같은 생각이 들어서 이 세상에서 떳떳하지 못한 놈으로 손가락질당하는 사람들을 만나면 언제나 다정한 마음이 되곤 했습니다. 그리고 저의 그 '다정한 마음'은 저 자신도 황홀해질 정도로 정다운 마음이었던 것입니다.

　또 '범인(犯人) 의식'이라는 말도 있습니다. 저는 이 인간 세상에서 평생 동안 범인 의식으로 괴로워하겠지만 그것은 조강지처 같은 나의 좋은 반려자니까 그 녀석하고 둘이 쓸쓸하게 노니는 것도 제가 살아가는 방식 중 하나일지도 모릅니다. 또 속된 말로 '뒤가 켕기는 상처가 있는 사람'이라는 말도 있는 것 같습니다만, 그 상처는 제가 아기였을 때부터 저절로 한쪽 정강이에 생긴 것이 크면서 치유되기는커녕 점점 더 심해져 뼈에까지 닿아서 밤마다 겪는 고통이 변화무쌍한 지옥이었습니다. 그러나 (이것은 퍽 기묘한 표현입니다만) 그 상처가 점차 혈육보다 더 정답게 느껴지고 그 통증이 상처의 살아 있는 감정, 사랑의 속삭임으로까지 느껴졌던 저라는 남자에게 예의 지하 운동 그룹의 분위기는 묘하게 마음이 놓이고 편안했습니다. 즉 운동 본래의 목적보다 그 운동의 표피가 저한테 잘 맞았던 것입니다. 호리키의 경우는 그저 바보 같은 놈이 집적거리는 것이어서 저를 소개하기 위해 딱 한 번 그 모임에 갔을 뿐, 마르크스주의자에게는 생산 면의 연구와 함께 소비 면의 시찰도 필요하다는 둥 설익은 횐소리나 지껄여대면서 그 모임은 가까이하지 않았고 저를 그 소비 면의 시찰 쪽으로만 끌고 다니고 싶어 했습니다. 지금 생각해 보면 당시에는 다양한 형태의 마르크스주의자가 있었던 것 같습니다. 호리키처럼 유행 좇기를 좋아하는 허영심에서 마르크스주의자로 자칭하는 자도 있었고, 또 저처럼 그저 비합법적인 분위기가 마음에 들어서 거기 눌러앉은 자도 있었습니다. 만일 진짜 마르크스주의 신봉자가 이런 실상을 간파했더라면 호리키도 저도 불같이 야단을 맞고 비열한 배신자로 낙인찍혀 금방 쫓겨났을 것입니다. 그렇지만 저도 호리키도 좀처럼 제명 처분을 당하지 않았으며 특히나 저는 합법적인 세계에 있을 때보다 그 비합법적 세계에서 오히려 더 자유롭게, 소위 '건강'하게 행동할 수 있었기 때문에 장래성 있는 동지로서 픽 하고 웃음이 날 만큼 과장되고 비밀스레 다루어지던 갖가지 임무를 떠맡게 되었습니다. 또 실제로 저는 그런 임무를 한번도 거절하지 않고 뭐든지 태연하게 떠맡았고 쓸데없이 긴장해서 개한테(동지들은 경찰을 그렇게 부르고 있었습니다.) 의심을 사거나 불심 검문을 당해서 실패하거나 하는 일 없이 웃으면서, 또 남들을 웃기면서 그들이 위험하다고 칭하는 일을 확실하게 해치웠습니다. 그 운동에 가담한 패거리들이 큰일이나 되는 것처럼 긴장하고 시원찮은 탐정 소설 흉내까지 내며 극도로 경계하면서 저한테 부탁하는 일이란 정말이지 어이가 없을 정도로 시시한 것이었습니다만, 그래도 그들은 엄청 위험하다는 듯 잔뜩 힘을 주고 있었습니다. 그 당시 저는 당원이 되고 체포되어서 평생을 형무소에서 보내게 된다 해도 상관없었습니다. 이 세상 인간들의 '삶'이라는 것을 두려워하고 매일 밤 잠을 못 이루며 지옥에서 신음하기보다는 오히려 감옥 쪽이 편할지도 모른다고까지 생각하고 있었습니다.

사쿠라기 동의 별택에서 아버지는 손님이다 외출이다 해서 같은 집에 살아도 사흘이고 나흘이고 얼굴을 마주칠 일도 없을 정도였습니다. 그래도 어쩐지 아버지가 어렵고 무서워서 이 집에서 나가 어딘가에서 하숙이라도 했으면 하고 생각하면서도 그 말을 꺼내지 못하고 있던 차에, 아버지가 그 집을 팔 생각인 것 같다는 얘기를 집 지키는 노인한테서 들었습니다.

아버지의 의원 임기도 슬슬 다 되어 가고 여러 가지 사정이 있었던 것이 틀림없습니다만, 이제는 더 이상 선거에 나갈 의사도 없고 고향에 은거할 집도 지어 놓았고 해서 도쿄에 미련도 없으신 것 같았습니다. 그렇다고 겨우 고교생에 지나지 않는 저를 위해 저택과 하인을 두는 것도 낭비라고 생각하셨는지(아버지의 마음 또한 다른 사람들의 마음처럼 저로서는 잘 모르겠습니다만) 어쨌든 그 집은 얼마 뒤 남의 손에 넘어갔고, 저는 혼고의 모리가와 동에 있는 센유관이라고 하는 낡은 하숙집의 어두컴컴한 방으로 이사해 금방 돈에 쪼들리기 시작했습니다.

그때까지는 아버지한테서 매달 정해진 액수의 용돈을 받아 왔고 그 돈은 이삼 일 안에 금방 없어졌지만, 담배든 술이든 치즈든 과일이든 늘 집에 있었고 책이나 문방구나 옷 같은 것 일체는 근처에 있는 가게에서 언제나 외상으로 살 수 있었습니다. 아버지가 단골이셨던 동네 식당에서는 호리키한테 메밀 국수라든가 새우 튀김 덮밥 같은 것을 사 주어도 그냥 가게에서 나오면 되었습니다.

그러다가 갑자기 하숙집에서 혼자 지내게 되면서 모든 것을 다달이 받는 일정한 송금으로 해결하지 않으면 안 되게 되자 저는 당황했습니다. 송금받은 돈 역시 이삼 일 사이에 떨어져 버렸고, 저는 덜컥 겁이 나고 불안해서 미칠 것 같아 아버지, 형, 누나들한테 번갈아 가며 돈을 부탁하고 "자세한 얘기는 편지로 써 보내겠습니다."라는 전보를 연발했습니다. 그 편지에서 호소한 사정들은 하나같이 익살스러운 허구였습니다. 누군가에게 뭔가 부탁하려면 먼저 그 사람을 웃기는 것이 상책이라고 생각했던 것입니다. 한편으로는 호리키가 가르쳐 준 전당포에 부지런히 다니기 시작했지만 그래도 늘 돈에 쪼들렸습니다.

필경 저한테는 아무런 연고도 없는 하숙집에서 혼자 '생활'해 나갈 능력이 없었던 것입니다. 저는 하숙방에서 혼자 가만히 있는 것이 끔찍했고 금방이라도 누군가가 갑자기 튀어나와 일격을 가할 것 같아서, 거리로 뛰쳐나가 예의 운동과 관련된 심부름을 하거나 호리키와 싼 술을 마시며 돌아다녔습니다. 그렇게 학업도 그림 공부도 거의 포기한 채 살다가 고등학교에 들어간 지 이 년째 되던 해 11월 연상의 유부녀와 정사(情死) 비슷한 사건을 일으켰습니다. 그리고 제 운명은 일변했습니다.

학교를 빠지지, 학교 공부는 조금도 안 하지…… 그런데도 묘하게 시험 답안 쓰는 요령이 좋았는지 그때까지는 그럭저럭 고향의 가족들을 속여 넘길 수가 있었습니다. 그러나 슬슬 출석 일수 부족 등으로 학교 쪽에서 고향의 아버지한테 은밀히 보고를 한 듯, 아버지 대리로 큰형이 준엄한 문장의 긴 편지를 저한테 보내왔습니다. 그렇지만 제가 직접적으로 느낀 고통은 그런 것보다는 돈이 없다는 것과 예의 운동과 관련된 심부름이 놀이하는 기분으로는 도저히 할 수 없을 만큼 격심해지고 바빠졌다는 것이었습니다. 저는 중앙 지구인지 무슨 지구인지, 어쨌든 혼고, 고이시가와, 간다 주변에 있는 학교 전체의 마르크스 학생 행동대 대장이라는 것이 되어 있었습니다. 그런 다음 무장봉기를 한다는 말을 듣고는 작은 주머니칼을 사고(지금 생각하면 그것은 연필을 깎기에도 너무 약해 보이는 주머니칼이었습니다.) 그것을 레인코트 주머니에 넣은 채 여기저기 뛰어다니면서 소위 '연락'을 했습니다. 술을 마시고 푹 자고 싶었지만 돈이 없었습니다. 게다가 P(당을 이런 은어로 불렀던 것으로 기억합니다만 아닐지도 모릅니다.) 쪽에서는 숨 돌릴 틈도 없이 잇따라 일거리가 날아와서 제 약한 몸으로는 도저히 해낼 수가 없는 지경에 이르렀습니다. 원래 비합법이라는 것에 대한 흥미에서 그 그룹의 심부름을 해 온 데다 그야말로 농담이 진담 된 격으로 너무 바빠지니 속으로 P 사람들한테 이거 번지수가 잘못된 거 아닙니까, 당신들 직계한테 시키는 게 낫지 않겠어요 하고 묻고 싶은 짜증스러운 감정을 품지 않을 수 없게 되었고, 결국 도망쳤습니다. 도망은 쳤지만 기분이 좋을 리 없었고, 그래서 죽기로 결심했습니다.

그 당시 저한테 특별한 호의를 보이던 여자가 셋 있었습니다. 한 사람은 제가 하숙하고 있던 센유관의 딸이었습니다. 이 아가씨는 제가 예의 운동과 관련된 심부름 때문에 기진맥진해서 돌아와 밥도 먹지 않고 잠에 곯아떨어지면 꼭 편지지와 만년필을 들고 제 방에 들어와서는 "미안해요. 아래층에서는 여동생이랑 남동생이 시끄럽게 굴어서 차분하게 편지도 못 쓰거든요."라고 하면서 제 책상 앞에 앉아 뭔가를 한 시간 이상 긁적거리는 것이었습니다.

모른 척하고 자면 될 일인데 그 아가씨에게 제가 뭔가 말해 줬으면 하는 기색이 역력한 것 같아서 저는 예의 수동적인 봉사 정신을 발휘해(사실은 단 한마디도 하고 싶지 않은 기분이었지만) 지쳐 빠진 몸에 음 하고 기합을 넣고는 배를 깔고 엎드려 담배를 태우면서 말했습니다.

"여자한테서 온 연애 편지로 불을 지피고 물을 데워서 목욕한 남자가 있다는군요."

"어머나. 아이, 싫어. 당신이 그랬죠?"

"우유를 끓여 먹은 적은 있지요."

"그런 분하고 함께 있다니 영광이네요. 우유 많이 드세요."

이 사람 빨리 좀 안 가 주나. 편지라니, 속이 빤히 들여다보이게. 틀림없이 가갸거겨 따위를 긁적거리고 있을 게 뻔했습니다.

"어디 좀 보여줘 봐요."

죽어도 보고 싶지 않은 마음으로 이렇게 말하면 아이 싫어, 어머나 싫어요 하면서 좋아하는 꼴이라니. 정말 역겹고 흥이 깨질 뿐이었습니다. 그래서 저는 심부름이라도 시키자고 생각하게 되었습니다.

"미안하지만 전차 길가 약방에 가서 칼모틴 좀 사다 줄래? 너무 피곤해서 얼굴이 후끈거리고 잠이 안 와서 말이야. 미안해, 돈은……."

"괜찮아요, 돈 따위."

기뻐하며 일어섭니다. 심부름을 시킨다는 것은 결코 여자를 실망시키는 일이 아니라 오히려 기쁘게 하는 일이라는 사실 또한 저는 이미 알고 있었던 것입니다.

또 한 사람은 여자 고등 사범학교의 문과생인 소위 '동지'였습니다. 이 사람하고는 예의 운동상 임무 때문에 싫어도 매일 얼굴을 마주하지 않으면 안 되었습니다. 이 여자는 협의가 끝난 뒤에도 언제까지나 저를 쫓아다녔고 마구잡이로 저한테 이것저것 사 주곤 했습니다.

"나를 진짜 누나라고 생각해도 돼."

그 같잖음에 저는 닭살이 돋았습니다.

"그렇게 생각하고 있어요."

우수 어린 미소를 짓고 대답했습니다. 어쨌든 화나게 하면 무섭다, 어떻게든 얼버무려야 한다는 생각 때문에 저는 그 추하고 역겨운 여자에게 점점 더 봉사하게 되었습니다. 물건을 받으면(그 물건들이라는 게 정말이지 악취미에서 나온 것뿐이어서 저는 대개 그것을 참새구이집 할아버지 같은 사람한테 얼른 줘 버렸습니다.) 기쁜 표정을 짓고 농담을 해서 웃겼지요. 어느 여름 날 밤 그 여자가 아무리 해도 떨어지려고 하지 않기에 그만 가 주었으면 하는 일념에 어두운 곳에서 키스를 해 줬더니, 천박하게도 미친 듯이 흥분해서는 자동차를 불러서 사람들이 운동을 위해 비밀리에 빌려 둔 건물의 좁은 방으로 저를 끌고 가 아침까지 난리굿을 치는 지경이 되었고, 저는 엉뚱한 누나로군 하고 몰래 쓴웃음을 지었습니다.

하숙집 딸이건 이 동지건 아무래도 매일 얼굴을 마주하지 않으면 안 되는 처지였기 때문에 지금까지 일이 있었던 여러 여자들처럼 적당히 피할 수가 없어서 예의 불안감 때문에 두 사람의 비위를 열심히 맞춘 것이 저를 완전히 옴짝달싹 못 하는 형편에 이르게 하고 말았습니다.

그즈음 저는 긴자에 있는 큰 카페의 아가씨한테 뜻밖의 신세를 졌습니다. 겨우 한 번 만났을 뿐인데도 신세 진 것이 마음에 걸려서 역시 옴짝달싹 못 할 만큼 걱정과 두려움에 휩싸여 있었습니다. 그때쯤에는 저도 구태여 호리키가 안내해 주지 않아도 혼자 전철을 탈 수 있었고, 가부키 극장에도 갈 수 있었고, 가스리⁷⁾를 입고도 카페에 들어갈 수 있을 정도로 다소의 뻔뻔함을 가장할 수 있게 되었습니다. 마음속으로는 여전히 인간들의 자신감과 폭력을 못 미더워하고 두려워하고 괴로워하면서도 겉으로는 조금씩 남들과 제대로 인사할 수 있게 되었습니다. 아니, 저는 역시 패배한 익살꾼의 괴로운 웃음을 수반하지 않고는 인사조차 하지 못하는 성격이었습니다만 주로 금전 문제에 있어서 부자유스러워진 덕택에 정신없고 갈팡질팡하긴 해도 어쨌든 할 수 있는 만큼의 '기량'을(예의 운동 때문에 뛰어다닌 덕택인지 아니면 여자 혹은 술 때문인지.) 체득해

---

7) 잔무늬가 있는 짠 옷.

가고 있었던 것입니다. 어디에 있어도 두려워서, 오히려 큰 카페에서 수많은 취객 혹은 아가씨들이나 보이들과 섞여 있으면 저의 끊임없이 쫓기는 듯한 마음도 진정되지 않을까 하고 십 엔을 들고 긴자에 있는 큰 카페에 혼자 들어가 웃으면서 "십 엔밖에 없으니까 알아서 해 줘요."라고 여급한테 말했습니다.

"걱정 마세요."

말투에 어딘지 관서 지방[8] 사투리의 기운이 있었습니다. 그리고 그 한마디가 저의 와들와들 떨던 마음을 묘하게 가라앉혀 주었습니다. 아니, 돈 걱정이 없어졌기 때문이 아니었습니다. 그 사람 곁에 있으면 왠지 걱정이 사라진 것처럼 느껴졌습니다.

저는 술을 마셨습니다. 그 사람한테는 마음이 놓였기 때문에 익살 따위를 연기할 마음도 나지 않아서, 저의 천성인 말없고 음산한 면모를 있는 그대로 드러내 보이면서 잠자코 술을 마셨습니다.

"이런 것 좋아하세요?"

여자는 갖가지 요리를 제 앞에 늘어놓았습니다. 저는 고개를 저었습니다.

"술만 마실 거야? 나도 마시자."

가을, 추운 밤이었습니다. 저는 쓰네코(라고 한 것으로 기억합니다만 기억이 희미해서 분명하지는 않습니다. 함께 정사를 기도한 사람의 이름조차 잊어버리는 저입니다.)가 시키는 대로 긴자 뒷골

---

8) 교토, 오사카, 고베 지역을 아울러 부르는 명칭.

목 어느 초밥 노점상에서 정말로 맛없는 초밥을 먹으면서 그 사람을 기다렸습니다. 그 사람의 이름은 잊었지만 그때 초밥이 맛이 없었다는 사실만은 어떻게 된 셈인지 확실하게 기억에 남아 있습니다. 그리고 구렁이 같은 얼굴의 까까머리 주인이 목을 흔들어 가며 능숙한 척 얼버무리면서 초밥을 쥐던 모습도 눈앞에 보이는 듯 선명하게 떠올라, 나중에 전차 같은 데서 어디서 본 얼굴인데 하며 이리저리 생각하다가 뭐야, 그때 그 초밥집 주인을 닮은 거구나 하고 고소(苦笑)한 적도 여러 번 있을 정도입니다. 그 사람의 이름과 얼굴 모습조차 기억에서 멀어진 지금도 여전히 그 초밥집 주인의 얼굴만은 그림으로 그릴 수 있을 정도로 정확하게 기억하고 있다니, 그때 초밥이 어지간히 맛이 없어서 저한테 추위와 고통을 느끼게 했는가 봅니다. 원래 저는 누가 맛있는 초밥집이라고 소문난 가게에 데리고 가 주어도 맛있다고 느낀 적이 한번도 없습니다. 너무 크기 때문입니다. 엄지손가락 정도의 크기로 단단하게 쥐어 줄 수는 없는 것일까 하는 생각을 늘 하고 있습니다.

그 사람은 혼조에 있는 목수네 집 2층에 세 들어 있었습니다. 저는 그 2층에서 평상시 저의 음산한 마음을 조금도 숨기지 않고 심한 치통이라도 앓고 있는 것처럼 한쪽 손으로 볼을 누른 채로 차를 마셨습니다. 그리고 그런 제 모습이 오히려 그 사람 마음에 들었던 것 같습니다. 그 사람도 주위에 차가운 삭풍이 불고 낙엽만 휘날리는 듯한, 완전히 고립된 느낌의 여자였습니다.

함께 자면서 그 사람이 나보다 두 살 연상이라는 것, 고향은 히로시마라는 것을 알게 됐습니다. 그 여자는 "나한테는 남편이 있어. 히로시마에서 이발소를 했지. 작년 봄 함께 가출해서 도쿄로 도망쳐 왔지만, 남편은 도쿄에서 제대로 일자리를 잡기도 전에 사기죄로 붙잡혀 형무소에 들어갔어. 나는 매일 이것저것 차입하러 형무소에 다니고 있지만 내일부터는 그만둘래." 등의 얘기를 늘어놓았습니다. 사실 저는 어떻게 된 셈인지 여자의 신세타령 같은 것에는 전혀 흥미를 못 느끼는 성격입니다. 여자들이 이야기를 잘 못하는 것인지 이야기의 중점을 잘못 잡는 것인지, 어쨌든 저는 늘 마이동풍이었습니다.

'쓸쓸해.'

저는 여자들의 천 마디 만 마디 신세 한탄보다 이 한마디 중얼거림에 더 공감이 갈 것이 틀림없다고 생각하지만 이 세상 여자들한테서 끝내 한번도 이 말을 들은 적이 없다는 것은 괴상하고도 이상하다고 생각합니다. 그 사람은 말로 '쓸쓸해.'라고 하지는 않았지만 무언의 지독한 쓸쓸함을 몸 바깥에 한 폭 정도 되는 기류처럼 두르고 있어서, 그 사람에게 가까이 다가가면 저도 그 기류에 휩싸여 제가 지니고 있는 다소 가시 돋친 음산한 기류와 적당히 섞여서 '물속 바위에 자리 잡은 낙엽'처럼 제 몸이 공포나 불안으로부터 멀어질 수 있었던 것입니다.

저 백치 창녀들의 품 안에서 안심하고 푹 잘 수 있었던 느낌하고는 또 완전히 다르게(무엇보다도 그 창녀들은 명랑했습니다.) 이 사기범의 아내와 보낸 하룻밤은 저한테는 행복하고(이런 엄청난 말을 아무 주저 없이 긍정적으로 사용하는 일은 이 수기 전체에서 두 번 다시 없을 것입니다.) 해방된 밤이었습니다.

그렇지만 단 하룻밤이었습니다. 아침에 잠이 깨어 일어난 저는 원래대로 경박하고 가식적인 익살꾼이 되어 있었습니다. 겁쟁이는 행복마저도 두려워하는 법입니다. 솜방망이에도 상처를 입는 것입니다. 행복에 상처를 입는 일도 있는 겁니다. 저는 상처 입기 전에 얼른 이대로 헤어지고 싶어 안달하며 예의 익살로 연막을 쳤습니다.

"'돈 떨어지는 날이 인연 끊어지는 날'이라는 속담은 말이야, 세상에서 하는 해석처럼 돈이 떨어지면 여자한테 버림받는다는 뜻이 아니야. 남자가 돈이 떨어지면 자연히 의기소침해지고 못쓰게 되고 웃는 소리에도 힘이 없어지고 괜히 비뚤어지거나 해서, 끝내는 자포자기해 자기 쪽에서 여자를 버리게 되거든. 반쯤 미친 듯 뿌리치고 내친다는 의미지. 가네자와 대사전이라는 책에 의하면 그렇다는군. 딱하게도. 나는 그 마음 이해해."

분명히 이런 시시한 얘기를 해서 쓰네코를 웃긴 걸로 기억합니다. 궁둥이가 너무 질기면 안 되지. 뒤가 무서워서 얼굴도 씻지 않고 재빨리 철수했습니다만, 그때 제가 돈 떨어지는 날이 인연이 끝나는 날이라고 한 허튼소리는 나중에 가서 의외의 인연을 만들어 냈습니다.

그러고 나서 한 달 동안 저는 그날 밤의 은인을 만나지 않았습니다. 헤어지고 나서 날이 감에 따라 희열은 사라지고 오히려 일시나마 신세를 진 일이 어쩐지 두려워져서 공연히 혼자 심한 속박을 느끼게 되었고, 그때 술값 계산을 전부 쓰네코한테 부담시킨 일까지도 점차 마음에 걸리기 시작했습니다. 결국 쓰네코 역시 하숙집 딸이나 여자 고등 사범학교 학생처럼 저를 위협하는 여자로 느껴졌고, 멀리 떨어져 있으면서도 끊임없이 쓰네코에게 겁을 먹게 되었습니다. 게다가 저는 함께 잔 여자를 다시 만나게 되면 왠지 상대방이 갑자기 불처럼 화를 낼 것 같은 생각이 들어서 만나는 것을 몹시 꺼리는 성격이었기 때문에 점점 더 긴자를 멀리하는 꼴이 되었습니다. 그러나 그 꺼리는 성격은 결코 제가 교활해서가 아니고, 여자들이 함께 잔 일과 아침에 일어나고부터의 일 사이에 티끌만큼도 관련을 짓지 않고 완전히 잊어버린 듯 두 세계를 완벽하게 단절시키며 살아가는 그 불가사의한 현상이 잘 이해되지 않았기 때문이었습니다.

11월 말쯤 저는 호리키와 간다의 포장마차에서 싼 술을 마셨는데, 이 악우(惡友)는 그 포장마차에서 나온 뒤에도 어디가서 좀 더 마시자고 주장했습니다. 저희한테는 돈이 더 이상 없었는데도 그래도 마시자, 마시자 하며 끈덕지게 조르는 것이었습니다. 그때 제가 취해서 간이 커져 있었는지도 모르겠습니다.

"그래? 그럼 꿈나라로 데려다주지. 놀라지 말라고. 주지육림이라고 하는……."

"카페인가?"

"그래."

"가자!"

그렇게 되어 둘은 전철을 탔고, 호리키는 들떠서 말했습니다.

"나 오늘 밤 여자한테 굶주려 있어. 여급한테 키스해도 괜찮겠지?"

저는 호리키가 그런 추태를 부리는 것을 그다지 좋아하지 않았습니다. 그리고 호리키도 그것을 알고 있었기 때문에 저한테 다짐을 한 것입니다.

"알겠지? 키스할 거다. 내 옆에 앉는 여급한테 꼭 키스할 거야. 괜찮지?"

"괜찮겠지."

"아, 고마워! 내가 지금 여자한테 몹시 굶주렸거든."

긴자 4가에서 내려 쓰네코만 믿고 소위 주지육림인 큰 카페에 거의 무일푼 상태로 들어가 비어 있는 박스 좌석에 호리키와 마주 앉자마자 쓰네코와 또 한 사람의 여급이 다가왔습니다. 그런데 그 또 한 사람의 여급이 내 곁에, 그리고 쓰네코가 호리키 옆에 털썩 앉았기 때문에 저는 아차 했습니다. 쓰네코는 이제 곧 키스당한다.

아깝다고 생각한 것은 아니었습니다. 저한테는 원래 소유욕이라는 것이 적었고, 또 어쩌다 미약하게 아깝다는 마음이 드는 일이 있어도 감히 그 소유권을 당당히 주장하며 남하고 다툴 만한 기력은 없었습니다. 나중에 제 내연의 처가 강간당하는 것을 잠자코 보고만 있은 일조차 있었을 정도입니다.

가능한 한 인간들의 분쟁을 가까이하고 싶지 않았던 것입니다. 그 소용돌이에 말려드는 것이 두려웠던 것입니다. 쓰네코와 저는 단지 하룻밤을 나눈 사이였습니다. 쓰네코는 제 것이 아니었습니다. '아깝다' 따위의 분수도 모르는 욕심을 제가 가질 수는 없었습니다. 그렇지만 저는 아차 했습니다.

제 눈앞에서 호리키한테 맹렬히 키스를 당할 쓰네코의 처지가 가엾게 여겨졌기 때문입니다. 호리키한테 더럽혀지면 쓰네코는 나하고 헤어질 수밖에 없겠지. 게다가 나한테도 쓰네코를 붙잡을 만큼 적극적인 열정은 없어. 아, 이젠 이것으로 끝장난 거구나 하고 쓰네코의 불행에 일순 아차 했지만, 금방 물 흐르듯 순순히 체념하고 호리키와 쓰네코의 얼굴을 번갈아 보면서 실실 웃었습니다.

그러나 사태는 정말이지 뜻밖에도 훨씬 더 나쁘게 전개되었습니다.

"그만둘래!"

호리키가 입을 일그러뜨리며 말했습니다.

"아무리 나라도 이런 궁상맞은 여자는……."

그러고는 손들었다는 듯이 팔짱을 낀 채 쓰네코를 빤히 쳐다보면서 쓴웃음을 짓는 것이었습니다.

"술을 줘. 돈은 없어."

저는 작은 목소리로 쓰네코한테 말했습니다. 그야말로 들이붓듯이 마시고 싶었습니다. 소위 속물들의 눈으로 보면 쓰네코는 취한의 키스를 받을 가치조차도 없는, 그저 초라하고 궁상맞은 여자였던 것입니다. 의외였지만 뜻밖에도 저는 청천벽력에 박살이 난 것 같은 기분이었습니다. 저는 지금까지도 전례가 없을 정도로 끝도 없이 술을 마셨고, 어질어질 취해서는 쓰네코와 마주 보며 서글픈 미소를 나눴습니다. 글쎄, 듣고 보니 이건 묘하게 지쳐 빠진 궁상맞은 여자로군 하는 생각이 듦과 동시에 없는 사람끼리의 동질감(빈부의 불화라는 것이 진부한 것 같아도 역시 드라마의 영원한 테마 중 하나라고 지금은 생각합니다만) 같은 것이 치밀어 올라와서 쓰네코가 사랑스러우면서 불쌍했고, 그때 태어나서 처음으로 적극적으로 미약하나마 사랑의 마음이 싹트는 것을 자각했습니다. 토했습니다. 정신을 잃었습니다. 술을 마시고 그렇게 정신을 잃을 만큼 취한 것도 그때가 처음이었습니다.

눈을 뜨니 머리맡에 쓰네코가 앉아 있었습니다. 혼조의 목수네 집 2층 방에 누워 있었던 것입니다.

"돈 떨어지는 날이 인연 끊어지는 날이라고 하셔서 농담인 줄 알았더니 진담이었나 봐. 정말로 발을 끊었어. 참 복잡한 인연의 끝이네. 내가 돈을 벌어서 대 줘도 안 될까?"

"안 돼."

그러고 나서 여자도 누웠고, 새벽녘에 여자 입에서 '죽음'이라는 단어가 처음 나왔습니다. 여자도 인간으로서 삶을 영위해 나가는 데 완전히 지쳐 버린 것 같았습니다. 또 저도 세상에 대한 공포, 번거로움, 돈, 예의 운동, 여자, 학업 등을 생각하면 더 이상 도저히 견뎌 내며 살아갈 수 없을 것 같아 그 사람의 제안에 쉽게 동의했습니다.

그렇지만 그때는 아직 '죽자'는 각오가 진지하게 서 있지는 않았습니다. 어딘가 '놀이'의 기운이 깃들어 있었습니다.

그날 오전 우리 두 사람은 아사쿠사를 헤매고 다니다가 다방에 들어가 우유를 마셨습니다.

"당신이 내 줘요."

일어서서 소매에서 지갑을 꺼내어 여니 동전 세 닢뿐. 수치심보다도 참담한 느낌이 엄습했고 금방 뇌리에 떠오르는 것은 센유관의 내 방이었습니다. 교복과 이불만 남아 있을 뿐 이제는 더 이상 전당포에 맡길 만한 물건 하나 없는 황량한 방. 그밖에는 내가 지금 입고 있는 이 잔무늬 옷과 망토뿐. 이것이 내 현실인 것이다. 더 이상 살아갈 수 없다는 것을 확실하게 깨달았습니다.

제가 우물거리고 있으니까 여자가 일어나더니 제 지갑을 들여다봤습니다.

"어머나, 겨우 그것뿐이야?"

무심한 목소리였습니다만 그것 또한 뼈에 사무치게 아팠습니다. 처음으로 제가 사랑한 사람의 말이었던 만큼 쓰라렸습니다. 동전 세 닢은 돈도 아니었던 것입니다. 그것은 그때까지 제가 맛보지 못했던 기묘한 굴욕이었습니다. 더 이상 도저히 살아갈 수 없는 굴욕이었습니다. 필경 당시의 저는 아직 부잣집 도련님이라는 자각에서 벗어나지 못했던 것이겠죠. 그때 저는 자진해서라도 죽으려고 진심으로 결심했습니다.

그날 밤 저희는 가마쿠라의 바다에 뛰어들었습니다. 여자는 이 허리띠는 가게 친구한테 빌린 거니까 하면서 허리띠를 풀어서는 개어서 바위 위에 올려놓았고, 저도 망토를 벗어서 같은 곳에 놓아두고 함께 물속으로 뛰어들었습니다.

여자는 죽었습니다. 그리고 저는 살아남았습니다.

제가 고등학생이기도 했고 또 아버지 이름도 소위 뉴스 가치라는 것이 얼마간은 있었는지, 신문에서도 꽤 크게 다루었나 봅니다.

저는 해변에 있는 병원에 입원하게 되었고 고향에서 친척 중 한 사람이 와서 이런저런 뒤처리를 해 주었습니다. 그는 고향에서 아버지를 비롯한 온 집안 식구가 격노하고 있으니 이젠 생가로부터 의절당할지도 모른다고 저한테 말하고는 돌아갔습니다. 그렇지만 저는 그런 것보다는 죽은 쓰네코가 그리워서 훌쩍훌쩍 울고만 있었습니다. 정말로 그때까지 만났던 숱한 사람들 중에 그 궁상맞은 쓰네코만을 좋아했으니까요.

하숙집 딸한테서 단가(短歌)를 쉰 편이나 적은 긴 편지가 왔습니다. "살아 줘요."라는 묘한 말로 시작하는 단가만 쉰 편이었습니다. 또 간호사들이 명랑하게 웃으면서 제 병실에 놀러 왔고, 개중에는 제 손을 꼭 쥐다가 가는 간호사도 있었습니다.

제 왼쪽 폐에 탈이 있는 것이 그 병원에서 처음 발견되었는데, 그 사실은 저한테 대단히 유리하게 작용하였습니다. 이윽고 저는 자살 방조죄라는 죄명으로 병원에서 경찰로 끌려갔지만, 경찰에서 저를 병자로 취급해 주어서 특별히 보호실에 수감되었던 것입니다.

한밤중에 보호실 옆 숙직실에서 당직을 하던 늙은 순경이 사잇문을 슬그머니 열고 "이봐!" 하고 저한테 말을 걸고는 "춥지? 이리 와서 불 좀 쪼이지."라고 했습니다.

저는 일부러 다소곳하게 숙직실로 들어가 의자에 걸터앉아 화롯불을 쪼였습니다.

"죽은 여자가 그립지?"

"네."

일부러 꺼질 것 같은 가느다란 목소리로 대답했습니다.

"그게 바로 인정이라는 거지."

그는 점차 거들먹거리기 시작했습니다.

"처음 여자하고 관계를 맺은 곳이 어딘가?"

마치 재판관처럼 점잖은 척 묻는 것이었습니다. 그는 제가 아이라고 얕잡아 보고는 가을밤의 심심풀이로 자기가 취조 주임이라도 되는 양 음담 비슷한 술회를 끌어내려는 심산인 것 같았습니다. 저는 재빨리 그 의도를 알아차렸고 웃음이 터지려는 것을 참느라 애먹었습니다. 순경의 그런 '비공식적인 심문'에는 일절 대답을 거부해도 상관없다는 사실쯤은 저도 알고 있었습니다. 그러나 긴 가을밤의 흥을 돋우기 위해 저는 어디까지나 공손하게, 그 순경이야말로 취조 주임이고 형벌의 경중을 결정하는 것도 그 순경의 생각 하나에 달려 있다는 것을 굳게 믿어 의심치 않는 것처럼 성의를 가장하고 그의 호색스러운 호기심을 다소 만족시킬 만큼 적당히 '진술'을 했습니다.

"아, 대강 알겠어. 뭐든 정직하게 대답하면 우리들도 다소는 배려하지."

"감사합니다. 잘 부탁드립니다."

거의 입신(入神)에 가까운 연기였습니다. 그리고 저 자신을 위해서는 무엇 하나 도움이 되지 않는 공연이었습니다.

날이 새자 저는 서장한테 불려 갔습니다. 이번에는 본격적인 취조였습니다.

문을 열고 서장실에 들어서는 순간이었습니다.

"야, 이것 참 미남인데. 이건 자네가 나쁜 게 아니야. 이렇게 미남으로 낳아 놓은 자네 어머니가 나쁘지."

얼굴이 까무잡잡한, 대학깨나 나온 듯한 느낌의 아직 젊은 서장이었습니다. 갑자기 그런 말을 듣자 저는 얼굴 한쪽에 붉은 반점이라도 있는 흉측한 불구자가 된 것처럼 비참한 마음이 되었습니다.

유도 혹은 검도 선수 같은 서장의 취조는 실로 담백해서, 간밤의 은밀하고 집요하기 짝이 없던 노순경의 호색적인 '취조'하고는 하늘과 땅만큼 차이가 있었습니다. 심문이 끝나자 서장은 검찰청으로 보낼 서류를 쓰면서 "몸을 소중히 해야지. 혈담이 나온다면서."라고 했습니다.

그날 아침 이상하게 기침이 나서 기침이 날 때마다 손수건으로 입을 가렸는데, 그 손수건에 빨간 우박이 내린 것처럼 피가 묻었던 것입니다. 그러나 그것은 목에서 나온 피가 아니라 어젯밤 귀밑에 생긴 작은 종기를 만지작거릴 때 거기서 나온 피였습니다. 그렇지만 사실을 밝히지 않는 편이 저에게 유리한 점이 있을 것 같은 생각이 문득 들어서 그저 눈을 내리깔고 "네." 하고 얌전하게 대답했습니다.

서장은 서류를 다 쓰고 나더니 말했습니다.

"기소가 될지 어떨지 그건 검사가 결정할 일이지만 자네 신원을 인수할 사람한테 전보나 전화로 내일 요코하마 검찰청으로 와 달라고 부탁하는 편이 좋겠어. 누구든 있겠지? 보호자라든가 보증인 말이야."

아버지의 도쿄 별택에 출입하던 고서화 골동품 상인 시부타. 저희하고 한 고향 사람으로 아버지의 심부름꾼 역할도 겸하던 땅딸막한 사십 대 독신 남자가 저의 학교 보증인으로 되어 있는 것을 저는 기억해 냈습니다. 그 남자의 얼굴, 특히 눈초리가 넙치 비슷하다고 해서 아버지는 언제나 그 남자를 넙치라고 불렀고 저도 그렇게 부르는 데 익숙해 있었습니다.

경찰 전화번호부를 빌려서 넙치네 집 전화번호를 찾아낸 다음 넙치한테 전화해서 요코하마 검찰청으로 와 달라고 부탁했더니, 넙치는 사람이 변한 것처럼 거만한 말투긴 했지만 그래도 어쨌든 승낙해 주었습니다.

"자네, 그 전화기 얼른 소독하는 게 좋을 거야. 글쎄 혈담이 나온다니 말이야."

제가 다시 보호실로 돌아가니 순경들한테 그렇게 이르는 서장의 큰 목소리가 보호실에 앉아 있는 제 귀에까지 들렸습니다.

점심때가 지나자 저는 가느다란 끈으로 허리를 묶였고(망토로 그것을 숨길 수 있게 허락받았습니다.) 젊은 순경이 그 끈 끄트머리를 꽉 쥔 채 둘이 함께 전차를 타고 요코하마 시로 향했습니다.

그렇지만 저한테는 조금의 불안감도 없었고 경찰서 보호실도 노순경도 그리웠습니다. 아, 저는 어째서 그럴까요? 죄인으로 포박당하자 오히려 마음이 놓이고 편안하게 가라앉다니. 지금 그때의 추억담을 쓰면서도 정말이지 느긋하고 즐거운 기분이 되는 것입니다.

그러나 그 시절의 추억 가운데에도 단 한 가지 진땀 나고 평생 잊을 수 없는 비참한 실수가 있었습니다. 저는 검찰청의 어두컴컴한 방에서 검사로부터 간단한 취조를 받았습니다. 검사는 사십 세 전후의 조용한(만일 제가 미남이었다 해도 그것은 소위 사악한 미모였음이 틀림없습니다만, 그 검사의 얼굴은 '올바른 미모'라고 부르고 싶을 만큼 총명하고 고요한 기운을 띠고 있었습니다.) 사람이었고 곰살맞은 인품이 아닌 것 같아서 저도 전혀 경계하지 않고 멍하니 진술하고 있었습니다. 그런데 갑자기 예의 기침이 나서 소매에서 손수건을 꺼내었는데 문득 거기 묻은 피를 보고 이 기침 또한 무슨 소용에 닿을지도 모른다는 천박한 술책으로 쿨럭쿨럭하고 두어 번 가짜 기침까지 요란하게 보태어 기침을 한 후 손수건으로 입을 가린 채 검사의 얼굴을 흘깃 보았습니다. 그 순간 검사가 말했습니다.

"진짜야?"

그는 조용한 미소를 띠고 있었습니다. 진땀이 석 되 흘렀습니다. 지금 생각해도 콱 죽고 싶어집니다. 중학교 시절 저 바보 다케이치한테서 부러 그랬지 하는 말로 등에 칼을 맞아 지옥으로 굴러떨어졌던 때의 느낌 이상이라고 해도 결코 과장이 아닌 기분이었습니다. 그 일과 이 일, 이 두 가지는 제 생애의 연기 중 대실패의 기록입니다. 검사의 그런 조용한 모멸과 맞닥뜨리느니 차라리 십 년 형을 구형받는 편이 나았다고 생각할 때조차 가끔 있을 정도입니다.

저는 기소 유예가 되었습니다. 그렇지만 전혀 기쁘지 않았습니다. 다시없이 비참한 심정으로 검찰청의 대기실 벤치에 앉아 저를 데리러 올 넙치를 기다렸습니다.

등 뒤에 있는 높은 창 너머로 석양에 물든 하늘이 보였고 기러기가 '여자'라는 글씨를 그리며 날고 있었습니다.

세 번째 수기

1

다케이치의 예언 중 하나는 들어맞았고, 하나는 빗나갔습니다. 여자들이 쫓아다닐 거라는 불명예스러운 예언은 맞았습니다만, 틀림없이 훌륭한 화가가 될 거라는 축복의 예언은 빗나갔습니다.

저는 조잡한 잡지의 하찮은 무명 만화가가 될 수 있었을 뿐입니다.

가마쿠라 사건 때문에 고등학교에서 쫓겨난 저는 넙치네 집 2층 삼 첩(疊)[9] 방에 칩거하게 되었고 고향에서는 다달이 극히 소액의 돈이, 그것도 저한테 직접이 아니라 넙치한테 몰

---

9) 일 첩은 다다미 한 장, 약 0.5평.

래 송금되는 것 같았습니다.(게다가 그것도 고향의 형들이 아버지 몰래 보내 주는 형식이었던 것 같습니다.) 그 밖에 고향하고의 연결은 완전히 끊겨 버렸습니다. 넙치는 언제나 기분이 좋지 않아서 제가 비위를 맞추려고 웃겨도 웃지 않을 뿐만 아니라 인간이 이렇게도 간단히, 그야말로 손바닥 뒤집듯이 변할 수 있는 것일까 하는 생각이 들 정도로 치사하게, 아니, 오히려 우스꽝스럽게 느껴질 정도로 지독하게 변해 버려서 "나가면 안 돼요. 어쨌든 나가지 마요."라는 말만 하는 것이었습니다.

넙치는 제가 자살할 우려가 있다고, 즉 여자 뒤를 쫓아 다시 바다에 뛰어들 위험이 있다고 어림하고 있었던 모양으로, 그래서 저의 외출을 단단히 금했던 것입니다. 그렇지만 술도 못 마셔, 담배도 못 피워, 그저 아침부터 밤까지 2층 삼 첩 방 고다쓰[10]에 파고들어 낡은 잡지 따위를 뒤적이면서 백치 같은 생활을 하고 있는 저에게는 자살할 기력조차 없었습니다.

넙치네 집은 오쿠보의 의과 대학 근처에 있었는데, 회화 골동품 가게 '청룡원'이라는 간판 글씨만은 제법 허세를 부리고 있었지만, 한 집에 두 세대가 사는 데다 가게 입구도 좁았고 가게 안은 먼지투성이였으며 시원찮은 잡동사니만 줄줄이 놓여 있었고, 넙치는 거의 가게에 붙어 있지 않고 아침부터 까다로운 얼굴로 서둘러 나갔습니다. 사실 넙치는 그 잡동사니로 장사하는 게 아니라 이쪽의 소위 '있는 분'의 비장의 물건

---

10) 속을 판 탁자에 화로를 넣고 그 위에 이불을 덮은 일본의 전통 난방 기구.

의 소유권을 저쪽의 '있는 분'께 양도하는 일을 거들어서 돈을 버는 것 같았습니다. 가게는 열일고여덟 살쯤 되어 보이는 점원 아이 하나가 (저를 감시하는 역할도 겸해서) 맡고 있었는데, 틈만 있으면 바깥에서 동네 아이들하고 캐치볼 같은 것을 하면서도 2층의 식객을 바보 아니면 미치광이쯤으로 생각하는지 어른들의 설교 비슷한 것까지 했고, 저는 남하고 말다툼을 못하는 성품이어서 지친 듯한, 아니면 감탄한 듯한 얼굴로 귀를 기울이고 복종하고 있었던 것입니다. 시부타라는 이름의 이 점원은 넙치가 어딘가에서 낳아 온 아이였지만 사정이 있어서 부자지간이라는 사실을 밝히지 않았습니다. 이후 시부타가 쭉 독신인 것도 그것과 관련이 있는 것 같습니다. 예전에 집안사람들한테서 그에 관한 얘기를 얼핏 들은 것 같기도 합니다만 저는 워낙 남의 일에 흥미를 못 느끼는 편이어서 깊은 내막은 아무것도 모릅니다. 그러나 그 점원의 눈초리에도 묘하게 생선 눈을 연상시키는 구석이 있었으니까 정말로 넙치의 사생아인지도 모릅니다. 그러나 그렇다면 둘은 정말로 서글픈 부자(父子)였습니다. 밤늦게 2층의 저 몰래 둘이서 메밀 국수 같은 것을 배달시켜 소리 죽여 먹곤 했습니다. 넙치네 집에서 식사는 늘 그 점원 아이가 준비했는데 2층 애물단지의 식사만 별도로 쟁반에 담아서 하루에 세 번 2층으로 들고 왔고, 넙치와 점원은 계단 밑 눅눅한 사 첩 반짜리 방에서 달카닥달카닥 접시랑 반찬 그릇 부딪치는 소리를 내면서 서둘러 먹는 것이었습니다.

　3월 말의 어느 날 저녁 넙치는 생각지 않았던 횡재라도 했는지 혹은 무슨 책략이라도 있었는지(이 두 개의 추측이 다 맞는다 하더라도 저 따위는 도저히 추측할 수조차 없는 자잘한 이유가 좀 더 있었겠지요.) 신기하게도 저를 술 같은 것이 곁들여진 아래층의 식탁으로 초대했습니다. 넙치가 아닌 다랑어 회에 대접하는 주인도 스스로 감탄하고 찬탄하면서 멀거니 앉아 있는 식객한테도 술을 조금 권하고는 물었습니다.

"이제부터 어떻게 하실 생각입니까."

이 물음에는 대답하지 않은 채 밥상 위의 접시에서 정어리 새끼 포를 집어 들고 그 잔챙이들의 은빛 눈알을 바라보고 있으려니 술기운이 훈훈하게 돌기 시작해서, 저는 마음대로 놀러 다니던 시절이 그립고, 호리키조차도 그립고, 정말이지 '자유'가 그리워서 문득 심약하게 울 뻔했습니다.

저는 그 집에 오고 나서는 익살을 연기할 의욕조차 잃어버려서 오로지 넙치와 점원 아이의 멸시에 몸을 내맡기고 있었습니다. 넙치 역시 저하고 속을 터놓고 긴 이야기를 나누는 건 피하는 것 같고 저 또한 그런 넙치를 쫓아다니면서 무언가를 호소할 생각 같은 것은 없어서, 거의 완전히 멍청이 식객이 되어 있었던 것입니다.

"기소 유예라는 것은 전과 몇 범이라든가 하는 것과는 다른 것 같습니다. 그러니까 당신이 마음먹기에 따라 갱생도 할 수 있다는 얘기입니다. 개과천선하려는 마음에서 진지하게 저한테 의논해 주신다면 저도 생각해 보겠습니다."

그런데 넙치의 말투에는, 아니, 이 세상 모든 사람들의 말투에는 이처럼 까다롭고 어딘지 모호하고 책임을 회피하는 듯한 미묘한 복잡함이 있어서, 거의 무익하게 생각되는 그런 엄중한 경계와 무수한 성가신 술책에 저는 언제나 당혹하고 에이 귀찮아, 아무래도 상관없어 하는 기분이 되어 농담으로 돌리거나 무언으로 수긍하게 되는, 말하자면 패배자의 태도를 취하게 되는 것이었습니다.

이때도 넙치가 다음과 같이 간단하게 말해 주었더라면 쉽게 끝날 일이었던 것을 나중에 알고 넙치의 불필요한 경계심, 아니, 이 세상 사람들의 불가사의한 허영과 체면 차리기에 말할 수 없이 암울해졌습니다.

그러니까 넙치는 그냥 이렇게 말하면 되었던 것입니다.

"공립이건 사립이건 어쨌든 4월부터 아무 학교에라도 들어가세요. 당신 생활비는 학교에 들어가고 나면 고향에서 좀 더 넉넉하게 보내 주기로 되어 있습니다."

훨씬 뒤에 알게 된 일이지만 사실은 그랬던 것입니다. 그랬다면 저도 그 말을 따랐을 겁니다. 그런데 넙치가 괜히 신중한 척 둘러말했기 때문에 묘하게 일이 틀어져서 제가 살아 나갈 방향이 완전히 바뀌어 버린 것입니다.

"저한테 진지하게 의논할 마음이 없다면 할 수 없지만."

"무슨 의논요?"

저는 정말이지 아무것도 가늠할 수가 없었습니다.

"그건 당신 마음에 달린 게 아니겠어요?"

"예컨대?"

"예컨대라니? 당신은 이제부터 어떻게 할 생각입니까?"

"일하는 편이 좋을까요?"

"아니, 당신 생각은 도대체 어떤데요?"

"그야 학교에 들어간다고 해도……."

"당연히 돈이 필요하겠죠. 그러나 문제는 돈이 아닙니다. 당신 마음이지요."

돈은 고향에서 보내 주기로 되어 있다고 왜 한마디 해주지 않았을까요. 그 한마디에 따라서 제 마음도 결정되었을 텐데. 저는 그저 오리무중이었습니다.

"어때요? 뭔가 장래 희망이라도 있습니까? 그…… 사람 하나 보살피는 것이 얼마나 힘든 일인지 보살핌을 받고 있는 사람은 모르겠지만요."

"죄송합니다."

"정말이지 걱정입니다. 제가 일단 당신을 보살피기로 한 이상 당신도 엉거주춤한 마음으로 있지 않기를 바라는 겁니다. 당당하게 갱생의 길을 걷겠다는 각오를 보여 줬으면 하는 겁니다. 예컨대 장래 방침에 대해 당신 쪽에서 저에게 진지하게 의논을 해 온다면 저도 그 의논에 응할 생각입니다. 그야 어차피 이런 가난뱅이 넙치가 돕는 거니까, 예전처럼 넉넉히 지내기를 바란다면 기대에 어긋나겠죠. 그렇지만 당신이 마음을 잡고 장래의 방침을 확실히 세워서 저한테 의논해 준다면, 저도 비록 얼마 안 되지만 조금씩이라도 당신의 갱생을 도우려고 하는 겁니다. 제 마음을 아시겠습니까? 도대체 당신은 이제부터 어떻게 할 작정입니까?"

"여기 2층에 제가 못 있게 된다면, 일을 해서……."

"진심으로 그런 말씀을 하는 거예요? 요새 같은 세상에 제국 대학을 나와도……."

"아니에요. 봉급 생활자가 되겠다는 건 아닙니다."

"그럼 뭡니까?"

"화가가 될 겁니다."

큰맘 먹고 그 말을 했습니다.

"헤에?"

그때 목을 움츠리고 웃던 넙치의 얼굴에 떠오른, 정말이지 간사스러운 그림자를 저는 잊을 수가 없습니다. 경멸 같기도 하면서 경멸하고는 또 다른, 이 세상을 바다에 비유한다면 바닷속 천길만길 깊은 곳에나 그런 기묘한 그림자가 떠돌고 있을까. 뭔가 어른들 생활의 제일 밑바닥을 얼핏 보는 것 같은 웃음이었습니다.

"이래 가지고는 얘기가 안 되겠군. 전혀 마음이 잡혀 있지 않잖아. 잘 생각해요. 오늘 하룻밤 진지하게 생각해 봐요."

저는 쫓기듯이 2층으로 올라가 드러누웠지만 딱히 이렇다 할 생각이 떠오르지 않았습니다. 그리고 새벽녘에 넙치네 집에서 도망쳤습니다.

"저녁에 틀림없이 돌아오겠습니다. 왼쪽에 적은 친구네 집에 장래에 대해 의논하러 가는 거니까 걱정 마십시오. 정말입니다."

편지지에 연필로 크게 쓰고 호리키 마사오의 아사쿠사 주소와 성명을 써 놓고는 살그머니 넙치네 집을 나섰습니다.

넙치한테 훈계받은 것이 분해서 도망친 것이 아닙니다. 넙치 말대로 정말이지 저는 마음이 단단하지 못한 사나이인 데다 장래 계획이건 뭐건 저로서는 전혀 생각도 나지 않았고, 더 이상 넙치네 집에 신세 지는 것은 넙치한테도 안됐고, 그러다가 혹여 제가 분발하려는 마음이 생겨서 뜻을 세운다 해도 그 갱생 자금을 저 가난한 넙치가 다달이 도와준다고 생각하면 너무 괴로워서 더 이상 견뎌 낼 수 없을 것 같은 기분이었기 때문입니다.

그러나 제가 진심으로 소위 '장래 계획'을 호리키 따위에게 의논하러 가려는 생각으로 넙치네 집을 나선 것은 아니었습니다. 다만 잠깐이라도, 일순간만이라도 넙치를 안심시키고 싶어서 그냥 기억의 밑바닥에서 떠오르는 대로 호리키네 주소와 이름을 편지 끄트머리에 적었을 뿐입니다. 그사이에 조금이라도 더 멀리 도망치려는 탐정 소설식 책략에서 그런 편지를 써 두었다기보다는, 아니, 그런 마음도 어느 구석에는 있었겠지만, 그보다는 갑자기 넙치한테 충격을 주어서 그를 당혹하게 만드는 일이 두려웠기 때문이라고 하는 편이 좀 더 정확할지도 모릅니다. 어차피 들킬 게 뻔한데도 솔직하게 말하기가 무서워서 반드시 뭔가 꼬리를 다는 것이 저의 서글픈 버릇 중 하나인데, 그것은 세상 사람들이 '거짓말쟁이'라고 부르며 멸시하는 성격과 비슷하지만 저는 무슨 득이라도 보려고 그런 꼬리를 단 적은 거의 없습니다. 그저 흥이 깨지면서 분위기가 일변하는 것이 질식할 만큼 끔찍해서, 나중에 저한테 불이익이 되리라는 것을 알면서도 예의 '필사적인 서비스 정신', 그것이 비록 잘못되고 시원찮고 우스꽝스러운 것이라 할지라도 그런 서비스 정신에서 저도 모르게 한마디 덧붙이게 되는 경우가 많았던 것 같습니다. 그러나 그 습성 또한 세상의 소위 '정직한 사람들'에게 이용당하게 되었던 것입니다.

넙치네 집을 나서서 신주쿠까지 걸어가 품에 지니고 있던 책을 팔고 나니 또다시 막막해졌습니다. 저는 누구에게나 상냥하게 대했지만 '우정'이라는 것을 한번도 실감해 본 적이 없었고(호리키처럼 놀 때만 어울리는 친구는 별도로 하고) 모든 교제가 그저 고통스럽기만 할 뿐이어서 그 고통을 누그러뜨리려고 열심히 익살을 연기하느라 오히려 기진맥진하곤 했습니다. 조금 아는 사람의 얼굴이나 그 비슷한 얼굴이라도 길거리에서 보게 되면 움찔하면서 일순 현기증이 날 정도로 불쾌한 전율이 엄습해서, 남들한테 호감을 살 줄은 알지만 남을 사랑하는 능력에는 결함이 있는 것 같았습니다.(하긴 저는 이 세상 인간들에게 과연 '사랑'하는 능력이 있는지 어떤지 대단히 의문스럽게 생각하고 있습니다.) 그런 저에게 소위 '친구' 같은 것이 있을 리 없었고 게다가 저한테는 남의 집을 '방문'하는 능력조차 없었던 것입니다. 남의 집 대문은 저한테는 저 『신곡』에 나오는 지옥의 문 이상으로 으스스했고 그 문 안쪽에서 무시무시한 용 같은 비린내 나는 짐승이 꿈틀거리는 기척을, 과장이 아니라 실제로 느꼈던 것입니다.

아무하고도 교제가 없다. 아무 데도 찾아갈 곳이 없다.

호리키.

그런데 그야말로 농담이 진담이 된 꼴이었습니다. 편지에 쓴 대로 정말 아사쿠사의 호리키를 찾아가기로 한 것입니다. 그때까지 제 편에서 호리키네 집을 찾아간 적은 한번도 없었고, 대개는 전보로 호리키를 불러냈습니다. 하지만 지금은 전보 요금조차도 부담스러웠고, 초라한 신세가 되었다는 비뚤어진 심정에서 전보로는 호리키가 와 주지 않을지도 모른다는 생각에 저한테는 다른 무엇보다도 힘든 '방문'이라는 것을 하기로 결심했습니다. 한숨을 쉬며 전철을 타고 제가 이 세상에서 유일하게 의지할 사람이 호리키라는 사실을 절감하니 왠지 등골이 오싹해지는 듯한 처절한 느낌이 엄습해 왔습니다.

호리키는 집에 있었습니다. 더러운 골목 안의 이층집으로 호리키는 2층에 하나밖에 없는 육 첩 방을 쓰고 있었고, 아래층에서는 호리키의 노부모와 젊은 직공 세 사람이 게다[11] 끈을 꿰매기도 하고 박기도 하고 있었습니다.

호리키는 그날 도회지 사람으로서의 새로운 면모를 저에게 보여 주었습니다. 바로 타산적인 약삭빠름입니다. 시골뜨기인 제가 아연해져서 눈을 크게 뜰 만큼 냉랭하고 교활한 이기주의였습니다. 저처럼 그저 끝도 없이 흘러가는 그런 사나이가 아니었던 것입니다.

"자네한테는 정말이지 기가 막히네. 아버지한테 용서는 받았나? 아직 아니야?"

도망쳤다고 할 수는 없었습니다.

저는 여느 때처럼 우물우물 얼버무렸습니다. 호리키가 금방 알아차릴 것이 뻔한데도 말입니다.

"그건 어떻게든 될 거야."

---

11) 나막신.

"이봐, 웃을 일이 아니라고. 충고하겠는데 바보짓은 이쯤에서 그만두지그래. 오늘은 내가 볼일이 있네. 요즘 공연히 바빠서 말이야."

"볼일이라니, 뭔데?"

"이봐, 이봐. 방석 실을 끊지 말게."

저는 얘기를 하면서 제가 깔고 앉은 방석의 시침실이라고 하는 건지 마감 실이라고 하는 건지 방울처럼 생긴 귀퉁이의 실 중 하나를 무의식적으로 손가락으로 갖고 놀면서 쑥쑥 잡아당기고 있었습니다. 그런데 호리키는 자기네 집 물건이라면 방석 실 하나도 아까운지 겸연쩍은 기색도 없이 그야말로 눈에 쌍심지를 켜고 저를 나무라는 것이었습니다. 생각해 보니 호리키는 지금까지 저하고 교제하면서 무엇 하나 잃은 적이 없었던 것입니다.

호리키의 노모가 단팥죽 두 그릇을 쟁반에 담아 들고 왔습니다.

"어, 이런."

호리키는 진정한 효자처럼 노모를 보고 진심으로 황공해했습니다. 말투도 부자연스러울 정도로 정중했지요.

"죄송합니다. 단팥죽입니까? 저런, 호사스럽게. 이렇게 신경 안 쓰셔도 되는데. 볼일이 있어서 금방 나가지 않으면 안 되거든요. 아닙니다. 모처럼 어머니의 자랑거리인 단팥죽을 만드셨는데. 황송합니다. 먹겠습니다. 자네도 들지. 우리 어머니가 일부러 만드신 거라고. 야, 이것 참 맛있다. 야, 참 호사스럽군."

꼭 연기만도 아닌 듯 무척 기뻐하면서 맛있게 먹는 것이었습니다. 저도 그것을 훌쩍거려 보았습니다만 팥이 적어서 싱거웠고, 새알심을 먹어 보니 새알심이 아닌 정체를 알 수 없는 물체였습니다. 가난 자체를 경멸하는 것은 결코 아닙니다.(그때 저는 그것이 맛없다고는 생각하지 않았고 노모의 성의도 마음에 스며들었습니다. 저한테는 가난에 대한 공포심은 있어도 경멸심은 없다고 믿고 있습니다.) 단팥죽과 그 단팥죽을 기꺼워하는 호리키에 의해 저는 도시 사람들의 조촐한 본성, 또 안과 밖을 딱 부러지게 나눠서 살고 있는 도쿄 사람들의 실체를 볼 수 있었습니다. 안팎 구별 없이 그저 인간의 삶에서 끊임없이 도망쳐 다니는 바보 멍청이인 저만 완전히 뒤에 처져 호리키한테조차 버려진 것 같은 느낌에 당황했고 칠이 벗겨진 젓가락을 움직이면서 견딜 수 없는 쓸쓸함을 맛보았다는 사실을 기록해 두고 싶을 뿐입니다.

"안됐지만 오늘은 볼일이 있어서 말이야."

호리키가 일어서서 웃옷을 걸치며 말했습니다.

"미안하지만 실례하겠네."

그때 호리키한테 여자 방문객이 찾아왔고, 제 운명도 급변했습니다.

호리키는 갑자기 활기를 띠며 말했습니다.

"아, 죄송합니다. 지금 제가 찾아가서 뵈려고 했는데 이 사람이 갑자기 와서. 아니, 상관없습니다. 자, 들어오시죠."

호리키는 어지간히 당황했는지, 제가 깔고 앉아 있던 방석을 뒤집어서 내밀었더니 그것을 빼앗아 다시 뒤집어서 그 여자한테 권하는 것이었습니다. 그 방에는 호리키의 방석 외에 손님용 방석은 한 개밖에 없었습니다.

여자는 마르고 키가 큰 사람이었습니다. 그 여자는 방석을 옆으로 밀어 놓고 문에 가까운 한쪽 구석에 앉았습니다.

저는 멍하니 두 사람의 대화를 들었습니다. 여자는 잡지사 사람인 듯했으며, 호리키한테 컷인지 뭔지 부탁해 둔 것이 있어서 그것을 받으러 온 것 같았습니다.

"날짜가 좀 빠듯해서요."

"다 되었습니다. 벌써 다 됐죠. 이겁니다, 자."

그때 전보가 왔습니다.

전보를 읽은 호리키의 들떠 있던 얼굴이 금방 험악해졌습니다.

"쳇! 이봐, 자네 도대체 어떻게 된 거야."

넙치한테서 온 전보였습니다.

"어쨌든 당장 돌아가 주게. 내가 자네를 바래다주면 좋겠지만 그럴 시간이 없어. 가출한 주제에 그 태평스러운 얼굴이라니."

"댁이 어느 쪽이신데요?"

"오쿠보입니다."

저도 모르게 대답해 버렸습니다.

"그렇다면 회사 근처니까."

여자는 고슈 현 태생으로 스물여덟 살이었습니다. 다섯 살된 계집애와 고엔지에 있는 아파트에서 살고 있었고 남편과 사별한 지 삼 년 되었다고 했습니다.

"당신은 눈치가 빠른 게 무척 고생하면서 자란 사람 같네요. 가엾게도."

처음으로 정부(情夫) 같은 생활을 했습니다. 시즈코(그것이 그 여기자의 이름이었습니다.)가 신주쿠에 있는 잡지사에 일하러 가면 저하고 시게코라고 하는 다섯 살짜리 계집아이 둘이서 얌전하게 집을 지켰습니다. 그때까지 시게코는 어머니가 집을 비울 때면 아파트 관리인의 방에서 놀았던 것 같습니다만, '눈치 빠른 아저씨'가 놀이 친구로 나타나서 무척이나 신이 난 듯했습니다.

저는 일주일 정도 멍하니 거기에 있었습니다. 아파트 창문 바로 가까이에 있는 전깃줄에 무사 댁 하인의 모습을 본뜬 연이 하나 걸려 있었는데 먼지바람에 날리고 찢기면서도 집요하게 전깃줄에 매달려서 떨어지지 않고 고개를 끄덕이곤 해서, 저는 그것을 볼 때마다 쓴웃음이 나면서 얼굴이 붉어졌고 꿈에서까지 보게 되어 가위에 눌렸습니다.

"돈이 필요한데."

"……얼마나?"

"많이…… 돈 떨어지는 날이 인연 끊어지는 날이라는 얘기는 진짜라고."

"말도 안 돼. 그런 고루한……."

"그래? 그렇지만 당신은 몰라. 이대로 가다간 나 도망치게 될지도 모른다고."

"도대체 어느 쪽이 더 가난한데. 그리고 어느 쪽이 도망치는데. 우습네."

"내가 번 돈으로 술, 아니, 담배를 사고 싶어. 그림도 내가 호리키 따위보다 훨씬 잘 그린다고 생각해."

그럴 때마다 제 뇌리에 저절로 떠오르는 것은 중학교 시절에 그렸던, 다케이치가 '도깨비 그림'이라고 했던 몇 장의 자화상이었습니다. 상실된 걸작. 여러 번 이사 다니는 사이에 없어져 버렸지만 분명히 뛰어난 그림이었다는 생각이 들었습니다. 그 뒤 이것저것 그려 봤지만 그 기억 속의 걸작에는 미치지 못했고 저는 언제나 가슴이 텅 빈 것 같은 느른한 상실감에 괴로워했던 것입니다.

마시다 만 한 잔의 압생트.[12]

저는 영원히 보상받지 못할 것 같은 상실감을 혼자 그렇게 표현하고 있었습니다. 그림 얘기가 나오자 제 눈앞에 그 마시다 만 한 잔의 압생트가 아른거렸습니다. 아아, 그 그림을 이 사람한테 보여 주고 싶다, 그리고 내 재능을 믿게 하고 싶다는 초조감에 몸부림치는 것이었습니다.

"후후, 글쎄 어떨까? 당신은 정색하고 농담하는 모습이 귀여워."

"농담이 아니야. 정말이라고."

그 그림을 보여 주고 싶다는 헛된 번뇌에 괴로워하다가 기분을 바꾸어 체념한 채 말했습니다.

"만화 말이야. 적어도 만화라면 호리키보다 훨씬 잘 그린다고 생각해."

---

12) 도수가 높은 초록색 양주.

이 얼버무리는 익살 쪽이 오히려 진지하게 받아들여졌습니다.

"그래요, 사실은 나도 감탄하고 있었거든. 시게코한테 늘 그려 주는 만화 말이야, 나도 모르게 웃음이 터진다니까. 한번 해 보면 어떨까? 우리 회사 편집장한테 부탁해 볼게."

그 회사는 어린이를 상대로 별로 이름 없는 월간 잡지를 발행하고 있었습니다.

"······당신을 보고 있으면, 대부분의 여자들은 뭔가 해 주고 싶어서 견딜 수 없어져. ······언제나 쭈뼛쭈뼛 겁먹고, 그러면서도 익살스럽고. ······가끔 혼자 굉장히 침울해하고 있으면 그 모습이 더 여자의 마음을 흔들거든."

그 밖에도 시즈코한테서 여러 얘기를 들었고 추어올려지기도 했지만, 그게 정부의 더러운 특성이라고 생각하면 그야말로 점점 더 '침울'해질 뿐 도통 기운이 나지 않았습니다. 여자보다는 돈. 어쨌든 시즈코를 떠나 자립하고 싶다고 혼자 생각하며 이런저런 궁리를 해 봤지만 오히려 점점 더 시즈코한테 기댈 수밖에 없는 처지가 되었고, 가출 뒤처리라든가 이런 일 저런 일 거의 전부를 남자 못지않은 이 고슈 여자에게 신세 지게 되어, 저는 시즈코에게 한층 더 '기죽어 지낼' 수밖에 없게 되었던 것입니다.

시즈코의 주선으로 넙치, 호리키, 그리고 시즈코 이렇게 세 사람의 회담이 성립되어, 저는 고향에서 완전히 절연당하는 대신 시즈코와 '떳떳하게' 동거하게 되었습니다. 또 시즈코가 애써 준 덕분에 제 만화도 제법 돈이 되어서 그 돈으로 술 담배도 샀습니다만, 저의 불안과 울적함은 점점 더 심해질 뿐이었습니다. 그야말로 '침울해지고 침울해져서' 시즈코네 잡지에 매월 연재만화 「긴타 씨와 오타 씨의 모험」을 그리고 있노라면 문득 고향 집이 생각나고, 서글픈 나머지 펜이 움직이지 않아서 고개를 숙이고 눈물을 떨구기도 했습니다.

그럴 때 저에게 미약한 구원은 시게코였습니다. 시게코는 그때쯤에는 저를 아무 거리낌 없이 '아빠'라고 부르고 있었습니다.

"아빠, 기도하면 하느님이 뭐든지 들어주신다는 게 정말이야?"

저야말로 기도하고 싶다고 생각했습니다.

아아, 저에게 냉철한 의지를 주소서. '인간'의 본질을 알게 해 주소서. 사람이 사람을 밀쳐 내도 죄가 되지 않는 건가요. 저에게 화낼 수 있는 능력을 주소서.

"응, 그래. 시게코한테는 뭐든지 들어 주시겠지만 아빠는 안 될지도 몰라."

저는 하느님조차도 두려워하고 있었습니다. 하느님의 사랑은 믿지 못하고 하느님의 벌만을 믿었던 것입니다. 신앙, 그것은 단지 하느님의 채찍을 받기 위해 고개를 떨구고 심판대로 향하는 일로 느껴졌습니다. 지옥은 믿을 수 있었지만 천국의 존재는 아무래도 믿을 수가 없었습니다.

"왜 안 돼?"

"부모님 말씀을 안 들었거든."

"그래? 아빠는 아주 좋은 사람이라고 모두들 말하던데."

그건 속고 있기 때문이야. 이 아파트 사람들 전부가 나한테 호의를 갖고 있다는 건 나도 알아. 그러나 내가 얼마나 모두를 무서워하는지. 무서워하면 할수록 남들은 나를 좋아해 주고, 남들이 나를 좋아해 줄수록 나는 두려워지고 모두한테서 멀어져야만 하는, 저의 이 불행한 기벽을 시게코한테 설명하는 것은 어려운 노릇이었습니다.

"시게코는 하느님한테 무엇을 부탁하고 싶은데?"

저는 아무렇지도 않은 듯 화제를 바꿨습니다.

"시게코는 말이야, 진짜 아빠가 갖고 싶어."

화들짝 놀라고 아찔하게 현기증이 났습니다. 적(敵). 내가 시게코의 적인지, 시게코가 나의 적인지. 어쨌든 여기에도 나를 위협하는 끔찍한 인간이 있었구나. 타인. 불가사의한 타인. 비밀투성이 타인. 시게코의 얼굴이 갑자기 그렇게 보였습니다.

'시게코만은'이라고 생각하고 있었는데 역시 이 아이도 '갑자기 쇠등에를 쳐 죽이는 소꼬리'를 가지고 있었던 것입니다. 그 뒤로 저는 시게코한테조차 쭈뼛거리지 않을 수 없게 되었습니다.

"색마! 있나?"

호리키가 다시 저를 찾아오기 시작했습니다. 가출했던 날 저를 그렇게나 쓸쓸하게 만들었던 사나이인데도 저는 거절하지 못하고 희미하게 웃으면서 맞이하는 것이었습니다.

"네 만화 제법 인기가 좋다면서? 아마추어한테는 하룻강아지 범 무서운 줄 모르는 만용이 있으니 당해 낼 재간이 없군. 그렇지만 방심하지 말라고. 데생이 전혀 돼먹지 않았으니까."

스승 같은 태도까지 보이는 것이었습니다. 내가 그린 '도깨비 그림'을 이 녀석한테 보이면 어떤 얼굴을 할까 하고 예의 헛된 몸부림을 쳤습니다.

"그 얘기만은 하지 말게. 꽥 하고 비명이 나오려고 해."

호리키는 점점 더 의기양양해졌습니다.

"처세술만 믿다가는 언젠가 꼬리가 잡힐걸."

처세술? 정말이지 쓴웃음을 짓지 않을 수 없었습니다. 나한테 처세술이라니! 어떻게 하면 저처럼 인간을 두려워하고 피하는 행동이 속여도 건드리지 않으면 탈이 없다는 둥 똑똑하고 교활한 처세술과 마찬가지가 되는 걸까요. 아아, 인간은 서로를 전혀 모릅니다. 완전히 잘못 알고 있으면서도 둘도 없는 친구라고 평생 믿고 지내다가 그 사실을 알아차리지 못한 채 상대방이 죽으면 울면서 조사(弔詞) 따위를 읽는 건 아닐까요.

뭐니 뭐니 해도 호리키는 (시즈코가 부탁해서 마지못해 맡은 게 틀림없습니다만) 제 가출에 대한 뒤처리를 해 준 사람이었기 때문에 자기가 제 갱생의 대은인 아니면 중매쟁이나 되는 것처럼 굴었습니다. 거들먹거리면서 저한테 설교 비슷한 얘기를 하기도 하고, 한밤중에 취해 가지고 와서는 자고 가기도 하고, 또 오 엔(언제나 오 엔이었습니다.)을 빌려 가곤 하는 것이었습니다.

"그나저나 네 난봉도 이쯤에서 끝내야지. 더 이상은 세상이 용납하지 않을 테니까."

세상이란 게 도대체 뭘까요. 인간의 복수(複數)일까요. 그 세상이란 것의 실체는 어디에 있는 걸까요. 그것이 강하고 준

엄하고 무서운 것이라고만 생각하면서 여태껏 살아왔습니다만, 호리키가 그렇게 말하자 불현듯 "세상이라는 게 사실은 자네 아니야?"라는 말이 혀끝까지 나왔습니다. 하지만 호리키를 화나게 하는 게 싫어서 도로 삼켰습니다.

'그건 세상이 용납하지 않아.'

'세상이 아니야. 네가 용납하지 않는 거겠지.'

'그런 짓을 하면 세상이 그냥 두지 않아.'

'세상이 아니야. 자네겠지.'

'이제 곧 세상에서 매장당할 거야.'

'세상이 아니라 자네가 나를 매장하는 거겠지.'

'너 자신의 끔찍함, 기괴함, 악랄함, 능청맞음, 요괴성을 알아라!'

갖가지 말이 가슴속에서 교차했습니다만, 저는 다만 얼굴에 흐르는 땀을 손수건으로 닦으면서 "진땀이 나네, 진땀." 하고 웃을 뿐이었습니다.

그때 이후로 저는 '세상이란 개인이 아닐까.' 하는 생각 비슷한 것을 가지게 되었습니다.

그리고 세상이라는 것은 개인이 아닐까 하고 생각하기 시작하면서 저는 예전보다는 다소 제 의지대로 움직일 수 있게 되었습니다. 시즈코의 말을 빌리자면 조금 멋대로 굴게 되었고 쭈뼛쭈뼛 겁내지 않게 되었습니다. 또 호리키의 말을 빌리자면 이상하게 인색해졌습니다. 또 시게코의 말을 빌리자면 시게코를 별로 귀여워하지 않게 되었습니다.

말도 안 하고 웃지도 않고 매일매일 시게코를 돌보면서 「긴타 씨와 오타 씨의 모험」이라든가 「천하태평 아빠」의 아류가 분명한 「태평 스님」이라든가 또 「성질 급한 편」이라든가 하는, 저 자신도 뭐가 뭔지 모르고 되는대로 제목을 붙인 연재만화 따위를 각 회사의 주문(시즈코네 회사가 아닌 곳에서도 드문드문 주문이 들어오기 시작했습니다만 모두 시즈코네 회사보다도 더 천박한, 말하자면 삼류 출판사들뿐이었습니다.)에 응하여 정말이지 실로 음울한 기분으로 느릿느릿(저의 만화 그리는 속도는 무척 느린 편이었습니다.) 그리게 되었습니다. 이제는 그저 술값이 필요해서 붓을 움직였고, 시즈코가 회사에서 돌아오면 횡허케 밖으로 나가 고엔지 역 근처의 포장마차라든지 스탠드바에서 싸고 독한 술을 마시고 조금 명랑해져서 아파트로 돌아오곤 했습니다.

"보면 볼수록 이상한 얼굴이야. 태평 스님의 얼굴은 사실 당신의 잠든 얼굴에서 힌트를 얻은 거야."

"당신의 잠잘 때 얼굴도 꽤 늙었어요. 사십은 된 남자 같아."

"당신 탓이야. 정기를 뺏긴 거지. 물의 흐름과 사람의 팔자아아는. 무슨 시름인가 강가의 버드나무."

"소란 피우지 말고 빨리 주무세요. 아니면 식사하시겠어요?"

역시 시즈코는 침착하게 상대조차 하지 않았습니다.

"술이라면 마시지. 물의 흐름과 사람의 팔자아아는. 사람의 흐름과, 아니, 물의 흐으름과 물의 신세에는."

시즈코가 옷을 벗겨 주면 노래하면서 시즈코 가슴에 이마를 갖다 대고 잠드는 것이 저의 일상생활이었습니다.

그리하여 그다음 날도 같은 일을 되풀이하고,
어제와 똑같은 관례를 따르면 된다.
즉 거칠고 큰 기쁨을 피하기만 한다면,
자연히 큰 슬픔 또한 찾아오지 않는다.
앞길을 막는 방해꾼 돌을
두꺼비는 돌아서 지나간다.

우에다 빈 번역의 기 샤를 크로[13]인가 하는 사람의 이 시구를 발견했을 때 저는 혼자 얼굴에서 불이 나는 것처럼 뻘게졌습니다.

두꺼비.

그게 나야. 세상이 용납할 것도 용납하지 않을 것도 없지. 매장이고 뭐고 할 것도 없어. 나는 개보다도 고양이보다도 열등한 동물인 거야. 두꺼비. 느릿느릿 꾸물거리기만 하는 두꺼비.

저의 주량은 점차 늘어 갔습니다. 고엔지 역 부근뿐 아니라 신주쿠, 긴자 방면까지 원정을 가서 마셨고, 외박을 하기도 했고, 무턱대고 이제까지의 관습을 따르지 않으려고 바에서 무뢰한 흉내를 내기도 하고 닥치는 대로 키스를 하기도 했습니다. 즉 또다시 정사 이전의, 아니, 그때보다 더 거칠고 야비한

13) Guy Charles Cros, 1879~1956. 프랑스의 시인. 현실의 고뇌를 섬세한 감수성으로 노래했으며 저서로 『소리와 침묵』 등이 있음.

술꾼이 되었고, 돈에 쪼들려서 시즈코의 옷가지를 들고 나가 전당포에 잡히는 지경이 되었습니다.

이곳에 와서 찢어진 연을 보고 쓴웃음을 지은 지 일 년이 더 지나 벚나무 잎사귀가 나올 때쯤, 저는 또 시즈코의 허리 띠랑 속옷 따위를 살그머니 들고 나가 전당포에 가서 돈을 만들어서는 긴자에서 술을 마시고 이틀 밤을 연달아 외박했습니다. 삼 일째 되던 날 밤, 아무리 뻔뻔스러운 저라도 겸연쩍은 마음에 무의식중 발소리를 죽이고 시즈코의 방 앞에 다다르니 안에서 시즈코와 시게코의 이야기 소리가 들려왔습니다.

"왜 술을 마시는 거야?"

"아빠는 말이야, 술이 좋아서 마시는 게 아니에요. 너무 착한 사람이라, 그래서……."

"착한 사람은 술 마시는 거야?"

"꼭 그런 건 아니지만……."

"틀림없이 아빠가 깜짝 놀랄 거야."

"싫어하실지도 모르지. 저런, 저런, 상자에서 뛰어나왔네."

"성질 급한 편 같아."

"정말."

정말로 행복한 듯한 시즈코의 낮은 웃음소리가 들려왔습니다.

문을 조금 열고 안을 들여다보니 하얀 새끼 토끼가 보였습니다. 깡충깡충 온 방 안을 뛰어다니는 새끼 토끼를 모녀가 쫓고 있었습니다.

행복한 거야, 이 사람들은. 나 같은 멍청이가 이 두 사람 사이에 끼어들었으니 이제 곧 두 사람을 망쳐 놓을 거야. 조촐한 행복. 착한 모녀에게 행복을. 아아, 만일 하느님께서 나 같은 놈의 기도라도 들어주신다면 한 번만이라도, 평생에 단 한 번만이라도 좋아. 기도하겠어.

거기에 쭈그리고 앉아 합장하고 싶은 마음이었습니다. 저는 살그머니 문을 닫고 다시 긴자로 가서 다시는 그 아파트에 돌아가지 않았습니다.

저는 교바시 근처에 있는 스탠드바 2층에서 또다시 정부 같은 처지로 지내게 되었습니다

세상. 저도 그럭저럭 그것을 희미하게 알게 된 것처럼 느껴졌습니다. 세상이란 개인과 개인 간의 투쟁이고 일시적인 투쟁이며 그때만 이기면 된다. 노예조차도 노예다운 비굴한 보복을 하는 법이다. 그러니까 인간은 오로지 그 자리에서 한판 승부에 모든 것을 걸지 않는다면 살아남을 방법이 없는 것이다. 그럴싸한 대의명분 비슷한 것을 늘어놓지만, 노력의 목표는 언제나 개인. 개인을 넘어 또다시 개인. 세상의 난해함은 개인의 난해함. 대양(大洋)은 세상이 아니라 개인이라며 세상이라는 넓은 바다의 환영에 겁먹는 데서 다소 해방되어 예전만큼 이것저것 한도 끝도 없이 신경 쓰는 일은 그만두고, 말하자면 필요에 따라 얼마간은 뻔뻔스럽게 행동할 줄 알게 된 것입니다.

고엔지의 아파트를 버리고 교바시의 스탠드바 마담에게 "헤어졌어."라고 말하는 것으로 충분했습니다. 즉 제 한판 승부

는 결판이 나서 그날 밤부터 저는 엉뚱하게도 그곳 2층에서 살게 된 것입니다. 그러나 끔찍해져야 할 '세상'은 저한테 아무런 해도 가하지 않았고, 또 저도 '세상'에 아무 변명도 하지 않았습니다. 마담이 그럴 생각이면 그것으로 되었던 겁니다.

저는 그 가게의 손님 같기도 하고, 남편 같기도 하고, 심부름꾼 같기도 하고, 친척 같기도 한, 남들이 보면 도통 정체를 알 수 없는 존재였을 텐데도 '세상'은 전혀 이상하게 생각하지 않았습니다. 오히려 그 가게 단골손님들은 저를 요조, 요조 하고 부르면서 무척 다정하게 대해 줬고 술까지 마시게 해 주었습니다.

저는 점차 세상을 조심하지 않게 되었습니다. 세상이라는 곳이 그렇게 무서운 곳은 아니라고까지 생각하게 되었습니다. 즉 여태까지 제가 느낀 공포란 봄바람에는 백일해를 일으키는 세균이 몇십만 마리 있고, 목욕탕에는 눈을 멀게 하는 세균이 몇십만 마리 있고, 이발소에는 대머리로 만드는 병균이 몇십만 마리 있고, 전철 손잡이에는 옴벌레가 우글우글하고, 또 생선회와 덜 익힌 소고기와 돼지고기에는 촌충의 유충이나 디스토마나 뭔가의 알 따위가 틀림없이 숨어 있고, 맨발로 걸으면 발바닥에 작은 유리 파편이 박혀서 그게 온몸을 돌아다니다가 눈알에 박혀서 실명하는 일도 있다는 등의 소위 '과학적 미신'에 겁먹는 것이나 다름없는 얘기였던 겁니다. 물론 몇십만 마리나 되는 세균이 우글거리며 돌아다니고 있다는 것은 '과학적'으로 정확한 사실이겠죠. 그러나 동시에 그 존재를 완전히 묵살해 버리면 그것은 저와 전혀 상관없는, 금방 사라져 버리는 '과학의 유령'에 지나지 않는다는 사실을 저는 알게 되었던 것입니다. 도시락 통에 먹다 남긴 밥알 세 알. 천만 명이 하루에 세 알씩만 남겨도 쌀 몇 섬이 없어지는 셈이라든가 혹은 천만 명이 하루에 휴지 한 장 절약하기를 실천하면 펄프가 얼마만큼 절약된다는 따위의 '과학적 통계' 때문에 제가 지금까지 얼마나 위협을 느꼈는지. 밥알 한 알 남길 때마다 또 코를 풀 때마다 산더미 같은 쌀과 산더미 같은 펄프를 낭비하는 듯한 착각 때문에 얼마나 괴로워하고 큰 죄를 짓는 것처럼 어두운 마음을 가져야만 했는지. 그러나 그것이야말로 '과학의 거짓', '통계의 거짓', '수학의 거짓'입니다. 천만 명이 남긴 밥알 세 알을 정말로 모을 수 있는 것도 아니고, 곱셈 또는 나눗셈 응용 문제라고 쳐도 정말이지 원시적이고 저능한 테마로서 사람들은 전등을 안 켠 어두운 화장실에서 몇 번에 한 번쯤 발을 헛디뎌 변기 구멍 속으로 떨어질까 혹은 승객 중 몇 명이 전차 문과 플랫폼 사이의 틈새에 발을 빠뜨릴까 같은 확률을 계산하는 것만큼 황당한 얘기인 것입니다. 그런 일은 정말 있을 듯하지만 제대로 발을 걸치지 못해서 화장실 구멍에 빠져 다쳤다는 얘기는 들은 적도 없고, 그런 가설을 '과학적 사실'이라 배우고 진짜 현실로 받아들여서 두려워하던 어제까지의 저 자신이 애처로워서 웃고 싶어졌을 만큼 저도 세상이라고 하는 것의 실체를 조금은 알게 되었습니다.

말은 이렇게 하지만 저는 역시 인간이라는 것이 여전히 무서워서 가게 손님들을 만나려면 술을 한 잔 벌컥 마시고 나서가 아니면 안 되었습니다. 무서운 것을 보고 싶어 하는 마음.

그래도 저는 매일 밤 가게에 나가서, 어린아이가 두려움을 느낄 때 손안의 작은 동물을 오히려 더 꽉 움켜쥐는 것처럼 술에 취해 가게 손님들에게 유치한 예술론을 펼칠 정도가 되었습니다.

만화가. 아아, 그러나 나는 큰 기쁨도 큰 슬픔도 못 느끼는 무명 만화. 나중에 아무리 커다란 비애가 찾아올지라도 상관없다. 거칠고 큰 기쁨을 맛보고 싶다고 내심 초조해하고 있었지만, 당시 제 기쁨은 고작 손님하고 얘기나 나누고 손님한테서 술을 얻어 마시는 것뿐이었습니다.

교바시로 옮겨 이런 구질구질한 생활을 일 년 가까이 계속하고, 아동 잡지뿐 아니라 역에서 파는 조악하고 음란한 잡지 같은 데까지 만화를 신게 된 저는 '조시 이키타'[14]라는 실없기 짝이 없는 필명으로 추잡한 나체화 따위를 그리고는 거기에 대개 『루바이야트』[15]의 시구를 붙였습니다.

쓸데없는 기도 따위 그만두라니까
눈물 흘리게 만드는 것 따위 벗어던져 버려
자! 한잔하자고
좋은 일만 떠올리고

---

14) '정사(情死), 살았다'라는 뜻.
15) 페르시아의 시인 오마르 하이얌(1048~1131)의 4행시 시집으로 술과 미녀와 장미를 칭송한 감미롭고 우수에 찬 시들로 이루어져 있음.

쓸데없이 신경 쓰기 따위는 잊어버려

불안과 공포 따위로 사람을 겁주는 놈들은
자신이 저지른 끔찍한 죄가 두려워
죽은 자의 복수에 대비하려고
머릿속에서 끊임없이 계략을 꾸미지

불러라, 술 넘치니 내 가슴도 기쁨으로 충만하고
오늘 아침 깨어나니 황량하기만 하네
기이하다 하룻밤 사이에
달라진 이 기분이라니

뒤탈 따위 생각하는 건 그만둬
멀리서 울리는 북소리처럼
왠지 그 녀석은 불안해
방귀 뀐 것까지 일일이 죄로 친다면 못 살지

정의가 인생의 지침이라고?
그렇다면 피로 물든 전쟁터에
암살자의 칼끝에
어떤 정의가 깃들어 있다는 건가?
어디에 지도의 원리 있는가?
무슨 예지의 빛 있는가?
아름답고도 끔찍한 것은 이 세상이니

연약한 사람의 자식은 짊어질 수 없을 만큼의 짐을 짊어지지

어떻게도 할 수 없는 정욕의 씨가 심어진 탓에
선이다 악이다 죄다 벌이다 하며 저주받을 뿐
눌러 꺾을 힘도 의지도 점지받지 못한 탓에
어쩌지도 못하고 그저 갈팡질팡할 뿐

어디를 어떻게 싸다니고 있었던 게야
뭐? 비판, 검토, 재인식?
흥! 헛된 꿈을, 있지도 않은 환영을
에헷, 술을 안 마셨으니 모두 헛된 생각이라고

어때, 이 한도 끝도 없는 하늘을 보렴
그 가운데 콕 떠 있는 점이라고
이 지구가 뭣 때문에 자전하는지 알 게 뭐야
자전 공전 반전도 마음대로라고

모든 곳에서 지고한 힘을 느끼고
모든 나라 모든 민족 속에서
동일한 인간성을 발견하는
나는 이단자라나 봐
모두 성경을 잘못 읽고 있는 거라고
아니면 상식도 지혜도 없는 거라고
살이 있는 육신의 기쁨을 금하고 술을 못 먹게 하고

됐어 무스타파, 나 그런 거 끔찍이 싫어해

그렇지만 그 시절 저에게 술을 끊으라고 권하는 처녀가 있었습니다.

"안 돼요. 매일 대낮부터 취해 계시면."

바 건너편에 있는 작은 담배 가게의 열일고여덟 정도 되는 아가씨였습니다. 사람들에게 요시코라고 불리는, 얼굴이 하얗고 덧니가 있는 아이였습니다. 그 아이는 제가 담배를 사러 갈 때마다 웃으면서 충고를 하곤 했습니다.

"왜 안 되지? 뭐가 나빠? '사람의 아들이여, 술을 실컷 마시고 증오를 없애라, 없애라, 없애.'라는 페르시아의 옛 격언도 있어. 에이, 그만두자. 지치고 슬픈 가슴에 희망을 가져다주는 것은 다만 거나하게 취하게 하는 옥잔[玉杯]이라고. 알겠어?"

"모르겠어요."

"이 녀석, 키스할 테다."

"해 줘요."

겁을 내기는커녕 아랫입술을 내미는 것이었습니다.

"이런 바보. 정조 관념이……."

그러나 요시코의 표정에서는 분명 아무에게도 더럽혀지지 않은 처녀 냄새가 났습니다.

새해가 되고 매섭게 추웠던 어느 날 밤, 저는 취한 채 담배를 사러 가다가 담배 가게 앞 맨홀에 빠졌습니다. 요시코, 살려줘 하고 소리쳤더니 요시코가 저를 끌어내 오른쪽 팔에 입은 상처를 치료해 줬습니다. 그때 요시코는 차분하게 "너무 많이 마시네요."라고 웃지도 않고 말했습니다.

저는 죽는 것은 아무렇지도 않았지만 다쳐서 피가 나고 불구자가 되는 것은 절대 사절이었기 때문에 요시코한테 치료를 받으면서 이젠 술을 끊을까 하고 생각했습니다.

"끊겠어. 내일부터 한 방울도 마시지 않을 거야."

"정말?"

"꼭 끊을 거야. 끊으면 말이야, 요시코. 내 각시가 돼 줄래?"

각시 얘기는 농담이었습니다.

"물이죠."

물이란 '물론'의 준말입니다. 모보[16]라느니 모가[17]라느니, 당시에는 여러 가지 준말이 유행하고 있었습니다.

"좋아. 손가락 걸고 약속하자. 틀림없이 끊을게."

그리고 다음 날, 저는 또 대낮부터 술을 마셨습니다.

저녁나절 비틀비틀 밖으로 나가 요시코네 가게 앞에 서서 외쳤습니다.

"요시코, 미안. 마셔 버렸어."

"어머, 장난치지 마요. 술 취한 척하고."

'이런.' 했습니다. 술기운이 확 달아나는 느낌이었습니다.

"아니, 정말이야. 정말 마셨다고. 취한 척하는 게 아니야."

"놀리지 마세요. 못됐어."

선혀 의심하려고 하지도 않는 것이었습니다.

---

16) '모던 보이'의 준말.
17) '모던 걸'의 준말.

"보면 알 텐데 말이야. 오늘도 대낮부터 마셨어. 용서해 줘."

"연기도 잘하시네."

"연기가 아니라니까. 바보, 키스할 테야."

"해 봐요."

"아니야. 내게는 자격이 없어. 각시가 되어 달라고 한 것도 단념하는 수밖에. 얼굴을 봐, 빨갛지? 정말로 마셨다니까."

"그야 석양이 비치니까 그렇죠. 날 속이려 해도 안 될걸요? 어제 약속했는데 마실 리가 없잖아요? 손가락 걸고 약속한걸 요. 술을 마셨다니 거짓말, 거짓말, 거짓말."

어두컴컴한 가게 안에 앉아서 미소 짓고 있는 요시코의 하 얀 얼굴. 아아, 더러움을 모르는 처녀성의 숭고함. 나는 여태껏 나보다 어린 처녀랑 자 본 적이 없다. 결혼하자. 그래서 나중에 아무리 큰 비애가 닥친다 해도 상관없다. 난폭할 만큼 큰 기 쁨이 평생에 단 한 번이라도 상관없다. 처녀의 아름다움이라 는 건 바보 같은 시인들의 달콤하고 감상적인 환영에 지나지 않는다고 생각하고 있었는데 이 세상에 정말로 존재하는 것이 었구나. 결혼해서 봄이 되면 둘이서 자전거 타고 아오바 폭포 를 보러 가야지 하고 그 자리에서 결심하고, 소위 '단칼 승부' 로 처녀성이라는 요시코의 꽃을 훔치는 데 주저하지 않았습 니다.

그렇게 해서 저희는 이윽고 결혼했고, 그로써 얻은 기쁨은 결코 크다고 할 수 없었지만 그 후에 온 비애는 처참이라고 해 도 모자랄 만큼 정말이지 상상을 초월할 정도로 컸습니다. 저 에게 '세상'은 역시 바닥 모를 끔찍한 곳이었습니다. 결코 그런

단칼 승부 따위로 하나부터 열까지 결정되는 손쉬운 곳이 아니었던 것입니다.

2

호리키와 나.

서로 경멸하면서 교제하고 서로를 쓸모없는 인간으로 만들어 가는 것이 이 세상의 소위 '교우'라는 것이라면, 저와 호리키의 관계도 교우였음은 틀림없습니다.

저는 교바시 스탠드바 마담의 의협심에 호소하여(여자의 의협심이라니 기묘한 표현입니다만, 제가 경험한 바로는 적어도 남자보다는 여자가 그 의협심이라는 것을 많이 가지고 있었습니다. 남자는 대체로 겁 많고, 겉치레만 차리고, 인색했습니다.) 담배 가게의 요시코를 내연의 처로 맞을 수 있었고, 쓰키지의 스미다 강 근처에 있는 목조로 된 작은 2층 건물의 1층에 방을 얻어 함께 살게 되었습니다. 술을 끊고 슬슬 제 고정직이 되기 시작한 만화 그리기에 정성을 쏟고, 저녁 식사 후에는 둘이서 영화도 보러가고 돌아오는 길에는 다방 같은 데 들르기도 하고 또 화분을 사기도 했습니다. 아니, 그보다는 저를 마음속으로부터 믿어 주는 이 어린 신부가 하는 말을 듣고 그 행동을 바라보는 것이 즐거워서, 어쩌면 나도 차차 인간다운 존재가 되어서 비참하게 죽지 않게 되는 것이 아닐까 하는 달콤한 생각이 희미하게 가슴속을 덥혀 주기 시작하던 참에 호리키가 다시 제 앞에 나타났습니다.

"요 색마. 이런, 그래도 좀 철난 얼굴이 됐네? 오늘은 고엔지 여사로부터의 심부름인데 말이야."

말하다 말고는 갑자기 목소리를 낮추고 부엌에서 차 준비를 하고 있는 요시코 쪽을 턱으로 가리키면서 괜찮아? 하고 묻기에 저는 "괜찮아. 무슨 얘기를 해도 상관없어."라고 침착하게 대답해 주었습니다.

사실 요시코는 신뢰의 천재라고 부르고 싶을 만큼, 교바시의 바 마담과의 관계는 물론 제가 가마쿠라에서 저지른 사건에 대해 말해 줘도 쓰네코와의 사이를 의심하지 않았습니다. 그것은 제가 거짓말을 잘해서가 아니라 때로는 노골적으로 말했는데도 요시코한테는 그것이 전부 농담으로만 들리는 것 같았습니다.

"여전히 우쭐거리는군. 뭐, 별 얘기는 아니고 말이야…… 가끔은 고엔지 쪽에도 놀러 와 달라는 말씀이더군."

잊을 만하면 괴조(怪鳥)가 날아와 기억의 상처를 부리로 쪼아 터뜨립니다. 그러면 금세 예전의 죄와 부끄러운 기억들이 생생하게 눈앞에 펼쳐지면서 왁! 하고 소리치게 될 것 같은 공포 때문에 가만히 있을 수가 없게 되는 것입니다.

"마실까?"

내가 물으면,

"좋지."

대답하는 호리키.

저와 호리키. 둘의 겉모습은 닮았습니다. 똑같은 인간인 것처럼 느껴질 때도 있습니다. 물론 그건 여기저기 싼 술을 마시러 다닐 때의 이야기일 뿐입니다만. 어쨌든 둘이 얼굴을 마주하면 금방 똑같은 모습, 같은 수준의 개로 변해서는 눈 내리는 시가지를 싸돌아다니게 되는 것이었습니다.

그날 이후로 저희는 옛정을 되살린 꼴이 되어 교바시의 작은 바에도 함께 갔고, 끝내는 거나하게 취한 개 두 마리가 되어 고엔지의 시즈코네 아파트에도 찾아가서 자고 오게끔 되었습니다.

잊히지도 않습니다. 찌는 듯이 무더운 여름밤이었습니다. 호리키가 저녁 무렵 후줄근한 유카타를 입고 쓰키지에 있는 저희 집에 와서는, 오늘 그럴 만한 일이 있어서 여름 양복을 전당포에 잡혔는데 노모가 알면 곤란하다, 빨리 되찾고 싶으니 무조건 돈을 꿔 달라는 것이었습니다. 마침 저한테도 돈이 없었기 때문에 여느 때처럼 요시코한테 자기 옷을 전당포에 들고 가게 해서 돈을 마련해 호리키에게 빌려주고, 그러고 나서도 돈이 조금 남기에 그 돈으로 요시코한테 소주를 사 오게 해서 가끔 스미다 강에서 약하게 불어오는 시궁창 내 나는 바람을 쐬으며 아파트 옥상에 실로 구질구질한 납량 연회 자리를 차렸습니다.

그때 저희는 희극 명사, 비극 명사 알아맞히기 놀이를 하였습니다. 그것은 제가 발명한 놀이로, 명사에는 모두 남성 명사, 여성 명사, 중성 명사 등의 구별이 있는데 그렇다면 희극 명사, 비극 명사의 구별도 있어야 마땅하다. 예컨대 증기선과 기차는 둘 다 비극 명사고 전철과 버스는 둘 다 희극 명사다.

왜 그런지를 이해 못하는 자는 예술을 논할 자격이 없다. 희극에 하나라도 비극 명사를 삽입하는 극작가는 그것만으로도 낙제. 비극의 경우도 똑같다는 논법입니다.

"자, 준비됐어? 담배는?"

제가 묻습니다.

"비[18]."

호리키가 일언지하에 대답합니다.

"약은?"

"가루약이야, 알약이야?"

"주사."

"비."

"그럴까? 호르몬 주사도 있는데 말이야."

"아니야, 단연코 비지. 주삿바늘이라는 게 우선 훌륭한 비 아닌가?"

"좋아. 인정해 주지. 그렇지만 자네, 약이나 의사는 말이야, 그래 보여도 제법 희[19]라고. 죽음은?"

"희. 목사도 중도 그렇지."

"아주 잘했어. 그리고 삶은 비지."

"아니. 그것도 희."

"아니야, 그렇게 되면 모든 게 희가 돼 버려. 그럼 하나 더 묻겠는데, 만화가는? 설마하니 희라고 하지는 않겠지."

---

18) '비극 명사'의 준말.
19) '희극 명사'의 준말.

"비, 비. 대비극 명사."

"뭐야, 대(大)비는 자네 쪽이지."

이런 시시껄렁한 익살이 되어 버리면 재미없습니다만, 저희는 그 놀이가 일찍이 온 세상의 살롱[20]에 한번도 존재한 적 없는 극히 재치 있는 놀이라고 득의만만해 있었던 것입니다.

그 당시 저는 이와 비슷한 유희를 또 하나 발명했습니다. 그것은 반의어 맞히기였습니다. 검정의 반의어는 하양. 그러나 하양의 반의어는 빨강. 빨강의 반의어는 검정.

"꽃의 반의어는?"

내가 물으면 호리키는 입을 일그러뜨리고 생각하다가 대답했습니다.

"에에, 화월(花月)이라는 요릿집이 있으니까, 달."

"아니야. 그건 반의어가 아니야. 오히려 유의어지. 별과 제비꽃도 유의어잖나? 반의어가 아니라고."

"알았어. 그러면 꿀벌이다."

"꿀벌?"

"모란에…… 개미던가?"

"뭐야? 그건 그림의 모티프라고. 얼버무리려 들면 안 되네."

"알았다! 꽃에는 떼구름.[21]"

"달에 떼구름이겠지."

"그래, 그래. 꽃에 바람, 바람이다. 꽃의 반의어는 바람."

---

20) 주로 문학에 관해 자유롭게 이야기하던 유럽 사교계의 모임 장소.
21) "달에는 떼구름, 꽃에는 바람." 호사다마라는 뜻의 관용적 표현.

"졸렬하군. 그건 나니와부시[22] 가사 아니야. 출신을 알 만하군."

"아니, 비파다."

"더 졸렬해. 꽃의 반의어는 말이야…… 이 세상에서 가장 꽃 같지 않은 것, 그것을 들어야지."

"그러니까, 그…… 잠깐. 뭐야, 여자군."

"내친김에 여자의 유의어는?"

"창자."

"자네는 참 시를 모르는군. 그럼 창자의 반의어는?"

"우유."

"야, 그건 좀 괜찮은데. 자, 그런 식으로 또 하나. 부끄러움의 반의어."

"몰염치지. 유행 만화가 조시 이키타."

"호리키 마사오는?"

이때쯤 되면 두 사람 다 점점 웃음을 잃어버리고 소주에 취했을 때 특유의, 유리 파편이 머리에 가득 찬 것 같은 음산한 기분이 되어 가는 것이었습니다.

"건방진 소리 하지 마. 나는 아직 너처럼 오랏줄에 묶이는 치욕 같은 건 겪은 적이 없어."

흠칫했습니다. 호리키는 내심 저를 제대로 된 인간으로 취급하지 않았던 겁니다. 단지 저를 죽어야 할 때를 놓친 쓸모없고 몰염치한 바보의 화신, 말하자면 '살아 있는 시체'로밖에는

---

22) 의리, 인정 등의 주제를 악기 반주와 함께 노래하는 대중적인 창.

생각하지 않았던 겁니다. 호리키에게는 쾌락을 위해 이용할 수 있는 것을 이용하면 그뿐인 '교우'였다고 생각하니 아무리 저라도 기분이 좋을 수는 없었습니다. 그러나 한편으로는 호리키가 저를 그렇게 보는 것도 당연한 것이, 저는 옛날부터 인간 자격이 없는 어린아이였던 것입니다. 역시 나는 호리키한테조차 경멸받아 마땅한지도 모른다고 고쳐 생각했습니다.

"죄, 죄의 반의어는 뭘까. 이건 어렵다."

저는 아무렇지도 않은 표정을 지으며 말했습니다.

"법이지."

호리키가 태연히 그렇게 대답하기에 저는 호리키의 얼굴을 다시 쳐다보았습니다. 가까운 빌딩에서 명멸하는 네온사인의 붉은빛을 받아 호리키의 얼굴은 무서운 형사처럼 위엄 있어 보였습니다. 저는 정말이지 어이가 없어져서 소리쳤습니다.

"자네! 죄라는 건 그런 게 아니야."

죄의 반의어가 법이라니! 그러나 세상 사람들은 모두 그 정도로 안이하게 생각하며 시치미를 떼고 살고 있는지도 모릅니다. 형사가 없는 곳에 죄가 꿈틀거린다지.

"그럼 뭔데? 신이야? 자네한테는 어딘지 목사 같은 구석이 있어. 기분 나쁘게."

"자, 자, 그렇게 쉽게 처리하지 말자고. 둘이서 좀 더 생각해 보자. 그렇지만 이건 재미있는 테마 아닌가? 이 테마 하나에 대한 대답만으로도 그 사람의 전부를 알 수 있을 것 같은 생각이 드는데."

"설마. ……죄의 반의어는 선이지. 선량한 시민. 즉 나 같은 것이지."

"농담은 그만두자고. 선은 악의 반의어지 죄의 반의어는 아니야."

"악과 죄는 다른가?"

"다르다고 생각해. 선악의 개념은 인간이 만든 것에 지나지 않아. 인간이 멋대로 만들어낸 도덕이라는 것을 말로 표현한 거지."

"말이 많군. 그렇다면 역시 신이겠지. 신, 신. 뭐든지 신으로 해두면 틀림없어. 아아, 배가 고픈데."

"지금 아래층에서 요시코가 잠두콩을 삶고 있어."

"저런, 고마워라. 내가 좋아하는 거야."

저는 양손을 머리 뒤에 베고 벌렁 누웠습니다.

"자네는 죄라는 것에 전혀 흥미가 없는 것 같군."

"그야 그렇지. 너 같은 죄인이 아니니까. 나는 난봉은 즐겨도 여자를 죽게 하거나 여자한테서 돈을 우려내거나 하지는 않거든."

죽인 게 아니야, 우려낸 게 아니야 하고 마음속 어딘가에서 희미한, 그러나 필사적인 항변의 소리가 끓어올랐습니다. 그러나 아니, 내가 나쁜 거라고 금방 다시 고쳐 생각해 버리는 이 버릇.

저는 아무리 해도 정면으로 맞서서 당당하게 토론을 하질 못합니다. 소주의 음침한 취기 때문에 시시각각 마음이 험악해지는 것을 간신히 억누르면서 거의 혼잣말처럼 중얼거렸습니다.

"그렇지만 감옥에 가는 일만이 죄는 아니야. 죄의 반의어를 알면 죄의 실체도 파악될 것 같은데. ……신, ……구원, …… 사랑, ……빛, ……그러나 하느님한테는 사탄이라는 반의어가 있고, 구원의 반의어는 고뇌일 테고, 사랑에는 증오, 빛에는 어둠이라는 반의어가 있고, 선에는 악, 죄와 기도, 죄와 회개, 죄와 고백, 죄와…… 아아, 전부 유의어야. 죄의 반의어는 대체 뭘까?"

"죄의 반의어는 꿀이지.[23] 꿀처럼 달콤하거든. 아아, 배고파. 아무거나 먹을 것 좀 갖고 와."

"자네가 갖고 오면 될 것 아니야!"

거의 태어나서 처음이라고 할 만큼 격렬한 노여움의 소리 가 튀어나왔습니다.

"그래? 그럼 아래층에 가서 요시코 씨하고 둘이 죄를 저지 르고 오겠어. 토론보다 실제 답사. 죄의 반의어는 꿀에 절인 콩. 아니, 삶은 콩이던가?"

저는 거의 혀가 잘 돌아가지 않을 만큼 취해 있었습니다.

"맘대로 해. 아무 데건 가 버려!"

"죄와 공복(空腹), 공복과 콩. 아니, 이건 유의어인가?"

호리키는 돼먹지도 않은 소리를 하면서 일어났습니다.

죄와 벌. 도스토옙스키. 언뜻 이 생각이 머리 한쪽 구석을 스치자 흠칫했습니다. 만일 저 도스도 씨가 죄와 벌을 유의어 로 생각한 것이 아니라 반의어로 병렬한 것이었다면? 죄와 벌,

---

23) 일본어로 죄는 '쓰미', 꿀은 '미쓰'이다.

절대 서로 통할 수 없는 것. 얼음과 숯처럼 융화되지 않는 것. 죄와 벌을 반의어로 생각했던 도스토옙스키의 바닷말, 썩은 연못, 난마(亂麻)의 그 밑바닥…… 아아, 알 것 같다. 아니야, 아직…… 하며 머리에서 주마등이 빙글빙글 돌고 있을 때였습니다.

"이봐! 엉뚱한 잠두콩이야. 이리 좀 와 봐!"

호리키의 목소리도 안색도 변해 있었습니다. 방금 비틀거리며 일어나서 아래층으로 내려가자마자 되돌아온 것입니다.

"뭔데?"

묘하게 살기등등해진 우리 둘은 옥상에서 2층으로 내려갔습니다. 2층에서 다시 아래층 우리 방으로 내려가는 계단 중간에서 호리키가 멈춰 서더니 "봐!"라고 작은 목소리로 말하며 손가락으로 가리켰습니다.

우리 방 위의 작은 창이 열려 있었고, 그곳으로 방 안이 보였습니다. 전깃불 아래 두 마리 짐승이 있었습니다.

저는 어찔어찔 현기증이 나면서 이 또한 인간의 모습이야, 이 또한 인간의 모습이야, 놀랄 것 없어 등등의 말을 거친 호흡과 함께 마음속으로 중얼거리고는, 요시코를 구해야 한다는 사실도 잊어버린 채 계단에 못 박힌 듯 서 있었습니다.

호리키가 커다랗게 기침 소리를 냈습니다. 저는 혼자 도망치듯 다시 옥상으로 뛰어 올라와 드러누워 비를 머금은 여름 밤하늘을 올려다보았는데, 그때 저를 엄습한 감정은 노여움도 아니고 혐오도 아니고 슬픔도 아닌 엄청난 공포였습니다. 묘지의 유령 따위에 대한 공포가 아니라 신사(神社)의 삼나

무 숲에서 흰 옷을 입은 신령과 부딪쳤을 때 느낄지도 모를, 아무 소리도 안 나오게 만드는 고대의 거칠고 난폭한 공포였습니다. 저는 그날 밤부터 새치가 나기 시작했으며 점점 더 모든 일에 자신감을 잃게 되었고, 점점 더 한없이 인간을 의심하게 되었고, 이 세상의 삶에 대한 일체의 기대, 기쁨, 공명 등에서 영원히 멀어지게 되었던 것입니다. 실로 그것은 제 생애에 있어서 치명적인 사건이었습니다. 저는 정면에서 정수리에 치명타를 입었고 그 뒤로 어떤 인간에게 접근하더라도 그때마다 그 상처가 쓰라린 것이었습니다.

"동정은 가지만 자네도 이 일로 이제 조금은 뼈저리게 깨달았겠지. 이제 나는 두 번 다시 여기에 안 올 거야. 이건 마치 지옥 같군…… 그렇지만 요시코 씨는 용서해 줘라. 자네도 어차피 신통한 녀석은 아니잖나. 실례하네."

거북한 장소에 오래 머물러 있을 만큼 멍청한 호리키가 아니었습니다.

저는 일어나서 혼자 소주를 마시고 꺼이꺼이 소리 내어 울었습니다. 얼마든지, 얼마든지 울 수 있었던 것입니다.

어느새 요시코가 삶은 콩을 수북하게 담은 접시를 들고 등 뒤에 멍하니 서 있었습니다.

"아무 짓도 안 한다고 하고는……."

"알았어. 아무 말도 하지 마. 너는 사람을 의심할 줄 모르니까. 앉아. 콩 먹자."

나란히 앉아서 콩을 먹었습니다. 아아, 신뢰는 죄인가요? 상대방 남자는 저한테 만화를 그리게 하고는 몇 푼 안 되는

돈을 거드름을 피우며 놓고 가는, 삼십 세 전후의 무지하고
몸집이 작은 상인이었습니다.

그 뒤로 그 상인은 차마 나타나지 않았습니다만, 저는 어
째서인지 잠 못 드는 밤이면 그 상인에 대한 증오보다는 처음
발견했을 때 큰 기침도, 아무것도 하지 않고 그대로 저한테 알
리러 다시 옥상으로 돌아온 호리키에 대한 증오와 노여움이
부글부글 끓어올라 괴로워했습니다.

용서할 것도 용서받을 것도 없었습니다. 요시코는 신뢰의
천재니까요. 남을 의심할 줄이라곤 몰랐던 것입니다. 그러나
그로 인한 비극.

신에게 묻겠습니다. 신뢰는 죄인가요?

요시코가 더럽혀졌다는 사실보다 요시코의 신뢰가 더럽혀
졌다는 사실이 그 뒤에도 오래오래 저한테는 살아갈 수 없을
만큼 큰 고뇌의 씨앗이 되었습니다. 저처럼 비루하게 쭈뼛쭈
뼛 남의 안색만 살피고 남을 믿는 능력에 금이 가 버린 자에
게 요시코의 순결무구한 신뢰심은 그야말로 아오바 폭포처럼
상큼하게 느껴졌던 것입니다. 그것이 하룻밤 사이에 누런 오수
로 변해 버렸습니다. 보세요. 그날 밤부터 요시코는 제 일비일
소에 신경을 쓰게 되었습니다.

"이봐." 하고 부르면 흠칫해서 눈길을 어디 두어야 할지 몰
라 했습니다. 제가 아무리 웃기려고 해도, 아무리 익살을 떨어
도 절절매고, 벌벌 떨고, 무턱대고 저에게 경어를 쓰게 되었습
니다.

과연 무구한 신뢰심은 죄의 원천인가요?

저는 유부녀가 겁탈당한 이야기를 이 책 저 책 찾아서 읽어 보았습니다. 그렇지만 요시코만큼 비참하게 능욕당한 여자는 하나도 없다고 생각합니다. 도대체 이건 말도 안 되는 얘깁니다. 그 왜소한 상인과 요시코 사이에 조금이라도 사랑 비슷한 감정이 있었다면 저는 오히려 구원받을 수 있었을지도 모릅니다만, 단지 어느 여름날의 하룻밤, 요시코가 신뢰해서 일어난 일이었습니다. 그리고 그뿐. 그렇지만 그 일 때문에 내 정수리는 정통으로 얻어맞아 빠개졌고, 목소리는 쉬어 버렸고, 머리에는 나이에 어울리지 않게 새치가 나기 시작했고, 요시코는 평생 절절매며 제 눈치를 보지 않을 수 없게 되었던 것입니다. 책에 나오는 대부분의 이야기는 아내의 '행위'를 남편이 용서할 것인지 말 것인지에 중점이 놓여 있는 것 같았습니다만, 그것은 저한테는 그다지 괴로운 일도 큰 문제도 아니었습니다. 용서한다 용서하지 않는다, 그런 권리를 소유하고 있는 남편이야말로 행복할지니. 도저히 용서할 수 없다고 생각한다면 난리칠 것 없이 즉시 아내와 이혼하고 새 아내를 맞이하면 되고, 그렇지 않다면 '용서'하고 참으면 된다. 어느 쪽이건 남편의 마음 하나로 모든 것이 잘 수습될 거라는 생각마저 드는 것이었습니다. 즉 그런 사건은 남편에게 분명히 큰 충격이긴 하겠지만 단지 '충격'일 뿐이며 언제까지나 무한히 밀려왔다 쓸려 가는 파도와는 달리 권리를 가진 남편의 노여움으로 어떤 방식으로든 처리할 수 있는 문제로 저에게는 생각되었던 것입니다. 그렇지만 저희의 경우에는 남편에게 아무런 권리도 없었고, 생각하면 모든 게 제 잘못처럼 생각되었고, 남편은 화를 내기는커녕 싫은 소리 한마디 못 했고, 또 아내는 그녀가 지닌 귀한 장점 때문에 능욕당했던 것입니다. 게다가 그 장점 이라는 것은 남편이 예전부터 동경하던 순결무구한 신뢰심이 라는 한없이 애잔한 것이었습니다.

무구한 신뢰심은 죄인가?

유일하게 믿었던 장점에조차 의혹을 품게 된 저는 더 이상 뭐가 뭔지 알 수 없게 되었고, 그저 알코올에 손을 뻗칠 뿐이 었습니다. 제 얼굴은 극도로 천박해졌습니다. 저는 아침부터 소주를 마셨고, 이빨은 흐물흐물 빠지기 시작했고, 만화도 거 의 외설에 가까운 것을 그리게 되었습니다. 아니, 분명히 말하 겠습니다. 저는 그때부터 춘화를 모사해서 밀매했습니다. 소 주를 살 돈이 필요했던 것입니다. 언제나 저한테서 시선을 돌 리고 절절매고 있는 요시코를 보면, 이 여자는 경계라는 것 을 전혀 모르니까 그 장사꾼하고 한 번만 그런 게 아니지 않 을까? 또 호리키는? 혹시 내가 모르는 사람하고도? 하는 의심 이 꼬리를 물었습니다. 하지만 그렇다고 작정하고 추궁할 용기 는 없어서 예의 불안과 공포에 몸부림치며 소주를 마시고 취 해서는 기껏 비굴한 유도 신문 같은 것을 쭈뼛쭈뼛 시도해 보 고 어리석게도 속으로는 일희일비하면서 겉으로는 공연히 익 살을 떨고, 그러고 나서는 요시코에게 저주스러운 지옥의 애 무를 가하고 곯아떨어지는 것이었습니다.

그해 말 잔뜩 취해서 귀가한 어느 날 밤, 저는 설탕물이 마 시고 싶었습니다. 요시코는 잠들어 있는 것 같기에 부엌에 가 서 설탕 통을 찾아내 뚜껑을 열어 보니, 설탕은 하나도 들어 있지 않고 길쭉하고 작은 까만 종이 상자가 들어 있었습니다. 무심코 집어 든 순간, 그 상자에 붙어 있는 라벨을 보고 깜짝 놀랐습니다. 라벨은 손톱으로 반 이상 벗겨져 있었지만 남아 있는 부분의 영어 문자는 또렷했습니다. DIAL.

디알. 그즈음 저는 주로 소주를 마셨기 때문에 수면제는 먹지 않았습니다만, 불면은 저의 지병과 같은 것이었기에 대부분의 수면제에 익숙했습니다. 이 디알 한 상자면 분명 치사량 이상입니다. 아직 상자를 완전히 뜯지는 않았지만 언젠가는 일을 치를 작정으로 이런 곳에, 게다가 라벨을 벗겨서 숨겨 둔 게 틀림없었습니다. 가엾게도 그 아이는 라벨의 서양 글씨를 못 읽기 때문에 손톱으로 반쯤 벗겨 내고는 그것으로 됐다고 생각했던 겁니다.(너한테는 죄가 없어.)

저는 소리 나지 않게 살그머니 컵에 물을 채우고 천천히 상자를 뜯어서 단숨에 입안에 전부 털어 넣고 컵의 물을 침착하게 다 마시고는 전깃불을 끄고 그대로 잠들었습니다.

저는 삼 일 동안 죽은 듯이 잠만 잤고 의사는 과실로 처리해 경찰에 신고하는 것을 유예해 주었다고 합니다. 정신이 돌아오기 시작하면서 제일 먼저 중얼거린 헛소리가 집에 가겠다는 말이었다고 합니다. 집이 어디를 가리킨 건지는 당사자인 저도 잘 모르겠습니다만, 하여간 그렇게 말하고는 엉엉 울었다고 합니다.

점차 안개가 사라지고 나서 보니 머리맡에 넙치가 아주 불쾌한 얼굴로 앉아 있었습니다.

"지난번에도 연말이었죠. 다들 정말이지 눈이 빙빙 돌 정도로 바쁜데 언제나 연말을 노려서 이런 일을 저지르니 이쪽은 죽을 지경입니다."

넙치의 얘기를 들어 주고 있는 것은 교바시의 바 마담이었습니다.

"마담."

제가 불렀습니다.

"응, 뭐? 정신이 들어?"

마담은 웃는 얼굴을 제 얼굴 위에 덮치듯이 하면서 말했습니다.

저는 눈물을 뚝뚝 흘렸습니다.

"요시코와 갈라서게 해 주세요."

저 자신도 뜻밖인 말이 나왔습니다.

마담은 몸을 일으키고 가늘게 한숨을 쉬었습니다.

그러고 나서 저는 이 또한 정말 생각도 못 했던, 우습기도 하고 어리석기도 한 형용하기 어려운 실언을 했습니다.

"나는 여자가 없는 곳으로 갈 테야."

우선 넙치가 와하하 하고 큰 소리로 웃었고, 마담도 킥킥 웃기 시작했고, 저도 눈물을 흘리면서 얼굴을 붉히고 쓴웃음을 지었습니다.

"응, 그러는 편이 좋겠어."

넙치는 언제까지고 새들새들 웃으면서 말했습니다.

"여자가 없는 곳에 가는 편이 좋겠어. 여자가 있으면 아무래도 안 돼. 여자가 없는 곳이라니 참 좋은 생각입니다."

여자가 없는 곳. 그러나 저의 이 바보 같은 헛소리는 나중에 무척 음산한 형태로 실현되었습니다.

요시코는 제가 자기 대신 독약을 먹었다고 생각했는지 전보다 한층 더 저한테 절절맸고 제가 무슨 얘길 해도 웃지 않고 제대로 말도 못 하는 지경이 되었습니다. 그리고 저도 아파트 안에만 있는 것이 답답해 저도 모르게 밖으로 나가 또다시 싸구려 술을 퍼마시게 되는 것이었습니다. 디알 사건 이후로 저는 살이 많이 빠졌고, 손발이 노곤해졌고, 만화 그리는 일에도 점점 소홀해졌고, 넙치가 그때 병문안이라며 두고 간 돈을 가지고(넙치는 제 마음입니다 하며 자기가 주는 돈인 것처럼 그것을 내밀었습니다만 아무래도 고향에서 제 형들이 보낸 돈 같았습니다. 저도 그때쯤에는 넙치네 집에서 도망쳤던 때와는 달리 넙치의 그런 거들먹거리는 연기를 어렴풋하게나마 간파할 수 있게 되었기 때문에 사정을 전혀 알아차리지 못한 척 얌전하게 그 돈에 대한 사례를 하긴 했지만, 넙치가 왜 그런 복잡한 책략을 쓰는 건지 알 것도 같고 모를 것도 같고, 제 눈에는 아무래도 이상하게만 보였습니다.) 큰맘 먹고 혼자서 시즈오카 현에 있는 미나미 이즈의 온천장에도 가 보곤 했습니다만, 그렇게 태평스럽게 온천 여행을 다닐 성격은 못 되었나 봅니다. 요시코를 생각하면 그저 쓸쓸하기 그지없었고 여관방에서 먼 산을 바라보거나 하는 차분한 심정과는 거리가 아득히 멀었습니다. 결국 여관에서 내주는 옷으로 갈아입지도 않고 목욕도 하지 않고 밖으로 튀어 나가서는, 지저분한 찻집 같은 데 뛰어 들어가 소주를 그야말로 뒤집어쓰듯이 퍼마시고, 몸이 더 나빠져서 귀경하는 것이었습니다.

도쿄에 큰 눈이 내린 밤이었습니다. 저는 취한 채 긴자 뒷골목에서 여기는 고향에서 몇백 리, 여기는 고향에서 몇백 리 하고 작은 목소리로 되풀이해 중얼거리듯이 노래하면서 내리는 눈을 구둣발로 차며 걷다가 갑자기 토했습니다. 그것이 저의 최초의 각혈이었습니다. 눈 위에 커다란 일장기가 그려졌습니다. 저는 잠시 쭈그리고 앉아서 더럽혀지지 않은 눈을 양손으로 쓸어 담아 얼굴을 씻으면서 울었습니다.

여기는 어디의 샛길이지?

여기는 어디의 샛길이야?

멀리서 어린 소녀의 서글픈 노랫소리가 환청처럼 희미하게 들려왔습니다. 불행. 이 세상에는 갖가지 불행한 사람이, 아니, 불행한 사람만 있다고 해도 과언은 아니겠죠. 그러나 그 사람들의 불행은 소위 세상이라는 것에 당당하게 항의할 수 있는 불행이고, 또 '세상'도 그 사람들의 항의를 쉽게 이해하고 동정해 줍니다. 그러나 제 불행은 모두 제 죄에서 비롯된 것이기 때문에 아무에게도 항의할 수 없었고, 또 우물쭈물 한마디라도 항의 비슷한 얘기를 하려 하면 넙치가 아니더라도 세상 사람들 전부가 뻔뻔스럽게 잘도 이런 말을 하는군 하고 어이없어할 것이 뻔했습니다. 제가 세상에서 말하는 '방자한 놈'인 건지 아니면 반대로 마음이 너무 약한 놈인 건지 저 자신도 알 수 없었지만 어쨌든 죄악 덩어리인 듯, 끝도 없이 점점 더 불행해지기만 할 뿐 막을 수 있는 구체적인 방법은 없었던 것입니다.

저는 일어나서, 급한 대로 우선 적당한 약을 먹어야겠다 생각하며 가까운 약방으로 들어갔다가 그곳 부인과 눈이 마주쳤습니다. 그런데 그 순간 부인은 플래시 세례를 한꺼번에 받기라도 한 것처럼 얼굴을 쳐들고 눈을 크게 뜨더니 굳어 버렸습니다. 그 크게 뜬 눈에는 경악의 빛도, 혐오의 빛도 없었고 거의 구원을 바라는 듯한, 그리운 듯한 빛이 어려 있었습니다. 아아, 이 사람도 틀림없이 불행한 사람이다. 불행한 사람은 남의 불행에도 민감한 법이니까 하고 생각했을 때 언뜻 그 부인이 목다리를 짚고 위태롭게 서 있는 것을 알아차렸습니다. 달려가서 부축해 주고 싶은 마음을 억누르고 여전히 그 부인과 얼굴을 마주 보고 서 있는 사이 눈물이 나왔습니다. 그러자 부인의 큰 눈에서도 눈물이 뚝뚝 넘쳐흘렀습니다.

저는 그대로 한마디도 하지 않고 그 약국에서 나와 비틀거리며 집으로 돌아왔습니다. 그리고 요시코한테 소금물을 만들게 해서 마신 뒤 아무 소리 없이 잠자리에 들었고, 그다음 날도 감기 기운이 있다고 거짓말을 하고는 하루 종일 잤습니다. 그러나 밤이 되자 제 비밀인 각혈이 아무래도 불안해 견딜 수가 없어서, 그 약방에 다시 가서 이번에는 웃으며 정말이지 솔직하게 지금까지의 몸 상태를 부인에게 전부 털어놓고 의논했습니다.

"술을 그만 드시지 않으면 안 돼요."

우리는 마치 혈육 같았습니다.

"알코올 중독자가 되어 버렸는지도 모릅니다. 지금도 마시고 싶거든요."

"안 돼요. 우리 주인도 폐결핵인 주제에 술로 균을 죽인다며 술만 마시다 수명을 줄였죠."

"불안해서 못 견디겠어요. 두려워서 도저히 마시지 않고는 못 배기겠단 말입니다."

"약을 드릴게요. 술은 그만 드세요."

부인은 목다리를 딸가닥딸가닥 울리면서 저를 위해 이쪽저쪽 선반에서 갖가지 약품을 찾아 주었습니다. 그 부인은 미망인으로 아들이 하나 있었는데, 그 아이는 치바 시인가 어딘가의 의과 대학에 들어간 지 얼마 안 돼 아버지와 같은 병에 걸려 휴학하고 병원에 입원 중이었고, 집에는 중풍에 걸린 시아버지가 누워 있었고, 부인 자신은 다섯 살 때 앓았던 소아마비 때문에 한쪽 다리를 전혀 못 썼습니다.

이건 조혈제.

이건 비타민 주사제. 주사기는 이것.

이건 칼슘. 위를 버리지 않게 소화제.

이건 뭐, 이건 뭐 하면서 대여섯 종류의 약품에 대해 애정을 담아 설명해 주었지만, 이 불행한 부인의 애정 또한 저에게는 너무 과했습니다. 마지막에 부인이 이건 아무리 애써도 술을 마시고 싶어 못 견딜 때를 위한 약이라고 하면서 재빨리 종이에 싸 준 상자.

모르핀 주사액이었습니다.

술보다는 해가 되지 않는다고 부인이 말했고 저도 그 말을 믿었고, 한편으로는 저도 술 냄새가 불결하게 느껴지기 시작한 참이고 오래간만에 알코올이라는 사탄에게서 도망칠 수 있다는 기쁨도 있었기에, 저는 아무런 주저 없이 제 팔에 그 모르핀을 주사했습니다. 그러자 불안감과 초조함과 수치심이 깨끗이 사라지면서 저는 아주 명랑한 웅변가가 되었습니다. 그 주사를 맞으면 몸이 쇠약해진 사실도 잊고 만화 일을 열심히 하게 되었고, 그러면서 저 자신도 웃음이 터질 만큼 절묘한 만화가 태어나는 것이었습니다.

하루에 한 개라던 결심이 두 개가 되고 네 개가 되었을 때쯤에는 그 약이 없으면 일을 못 하게 되어 버렸습니다.

"안 돼요, 중독되면. 그러면 정말 큰일 나요."

약방 부인한테 이런 말을 듣고 나니 이미 상당히 심각한 중독자가 되어 버린 것 같은 느낌이 들었고(저는 정말이지 남의 암시에 쉽게 걸리는 성격이었습니다. 이 돈은 쓰면 안 돼 하고 말하면서 "너니까 알 수 없지만" 따위의 말을 덧붙이면 왠지 쓰지 않으면 안 될 것 같은, 쓰지 않으면 기대를 저버리는 것 같은 묘한 착각이 들어서 꼭 그 돈을 써 버리는 것이었습니다.) 중독에 대한 불안 때문에 약을 더 많이 찾게 되었습니다.

"제발 부탁이야! 한 상자만 더. 계산은 월말에 꼭 할게요."

"계산 같은 건 아무 때고 상관없지만 경찰 때문에 시끄러워서 그래요."

아아, 제 주변에는 언제나 뭔가 혼탁하고 어둡고 어딘지 수상쩍고 떳떳하지 못한 자의 기척이 따라다니는 것이었습니다.

"어떻게 눈가림을 좀 해 달란 말이야. 부탁해요, 부인. 키스해 줄게."

부인은 얼굴을 붉혔습니다.

저는 점점 더 뻔뻔스럽게 말했습니다.

"약이 없으면 일이 전혀 진전되지 않는다고. 나한테는 그게 강장제나 같거든."

"그럼 숫제 호르몬 주사가 낫지 않을까요?"

"사람을 우습게 보면 안 돼요. 술 아니면 그 약. 둘 중 하나가 아니면 일을 못 해요."

"술은 안 돼요."

"그렇죠? 그 약을 쓰기 시작하면서 술은 한 방울도 안 마셨어요. 덕택에 몸 상태가 아주 좋아요. 나도 언제까지나 시원찮은 만화 따위나 그리고 있을 생각은 없다고요. 이제부터 술도 끊고 건강도 되찾고 열심히 공부해서 반드시 훌륭한 화가가 돼 보일게. 지금이 중요한 때라고요. 그러니까 네? 부탁입니다. 키스해 줄까?"

"참 큰일이네요. 중독돼도 나는 몰라요."

부인은 웃음을 터뜨리고 딸가닥딸가닥 목다리 소리를 내면서 그 약을 선반에서 꺼냈습니다.

"한 상자는 못 드려요. 금방 다 써 버리시니까. 반이에요."

"쩨쩨하기는. 뭐, 할 수 없지."

집에 돌아와서 금방 주사를 한 방 놓았습니다.

"안 아프세요?"

요시코가 쭈뼛쭈뼛 저에게 물었습니다.

"아프지. 그렇지만 능률을 올리기 위해서는 싫어도 이 짓을 하지 않으면 안 되거든. 내가 요새 기운이 아주 왕성하지? 자, 일이다. 일, 일."

큰 소리로 떠들어 댔습니다.

한밤에 약방 문을 두드린 적도 있습니다. 잠옷 차림으로 딸 가닥딸가닥 목다리를 짚고 나온 부인에게 갑자기 달려들어 키스하고는 우는 흉내를 냈습니다.

부인은 아무 소리 안 하고 저에게 한 상자 건넸습니다.

이 약품 또한 소주처럼, 아니, 그 이상으로 불결하고 저주스러운 것이라는 사실을 마음속에서 절감하게 된 것은 이미 완전히 중독자가 되어 버린 후였습니다. 정말 몰염치의 극치였습니다. 저는 그 약품을 손에 넣고 싶은 일념에 또 춘화 모사를 시작했고, 약국 부인과 글자 그대로 추잡한 관계까지 맺었습니다.

죽고 싶다. 숫제 죽고 싶다. 이제는 돌이킬 수 없어. 무슨 짓을 해도, 무얼 해도 잘못될 뿐이다. 창피에 창피를 더할 뿐이다. 자전거를 타고 아오바 폭포에 가겠다니, 나로서는 바랄 수도 없는 일이야. 그저 추잡한 죄에 한심한 죄가 겹치고, 고뇌가 증폭하고 격렬해질 뿐이야. 죽고 싶어. 죽지 않으면 안 돼. 살아 있다는 것 자체가 죄의 씨앗이야. 이렇듯 외곬으로 생각하면서도 여전히 집과 약국 사이를 반미치광이처럼 왕복할 뿐이었습니다.

아무리 일을 늘려도 약의 사용량도 함께 늘었기 때문에 약방 빚은 끔찍할 정도의 액수가 되었습니다. 부인은 제 얼굴만 보면 눈물을 보였고, 그러면 저도 따라서 눈물을 흘렸습니다.

지옥.

이 지옥에서 도망칠 최후의 수단. 저는 이번에도 실패하면 이제는 목을 매는 수밖에 없다는, 하느님의 존재를 내기에 걸 정도의 결의를 가지고 고향에 계신 아버지에게 긴 편지를 써서 제 사정을 전부(여자 얘기는 차마 못 썼습니다.) 고백하기로 했습니다.

그러나 결과는 한층 더 나빠서, 아무리 기다려도 답장이 오지 않자 그로 인한 초조와 불안 때문에 오히려 약의 양이 늘어 버렸습니다.

오늘 밤 열 개를 한꺼번에 주사하고 강에 뛰어들자. 혼자 각오를 한 날 오후, 넙치가 악마의 육감으로 낌새라도 챈 것처럼 호리키를 이끌고 나타났습니다.

"너, 각혈했다면서?"

호리키는 내 앞에 책상다리를 하고 앉자마자 이렇게 말하더니 그때까지 한번도 본 적이 없는 다정한 미소를 지었습니다. 그 다정한 미소가 고맙고 기뻐서 저도 모르게 얼굴을 돌리고 울었습니다. 그리고 그의 그 다정한 미소 하나에 저는 인생의 완전한 패배자가 되어 매장되어 버리고 말았습니다.

저는 자동차에 태워졌습니다. 넙치도 어쨌든 입원하지 않으면 안 돼, 뒷일은 우리한테 맡겨요 하고 숙연한 어조로('자비로운'이라고 형용하고 싶을 만큼 조용한 어조였습니다.) 저에게 권했고, 저는 의지도 판단력도 없는 사람처럼 그저 훌쩍훌쩍 울면서 두 사람이 시키는 대로 유순하게 따랐습니다. 요시코까지 포함한 우리 네 사람은 꽤 오랫동안 자동차 안에서 흔들리다가 주위가 어두컴컴해졌을 때쯤 숲속에 있는 커다란 병원 현관에 도착했습니다.

저는 요양소일 거라고만 생각하고 있었습니다.

한 젊은 의사가 묘하게 온화하고 정중한 태도로 저를 진찰하더니 "글쎄요, 당분간 여기서 정양하시지요."라고 수줍은 듯 미소 지으며 말했고, 넙치와 호리키와 요시코는 저만 남겨 두고 돌아가기로 했습니다. 요시코는 갈아입을 옷이 들어 있는 보따리를 저한테 건네주고는, 허리띠 사이에서 주사기와 쓰다 남은 예의 약품을 꺼내어 잠자코 내밀었습니다. 여전히 강장제라고만 생각하고 있었던 걸까요.

"아니. 이젠 필요 없어."

정말 신기한 일이었습니다. 누가 무언가를 주었을 때 거절한 것은 제 생애에서 그때 단 한 번뿐이었다고 해도 과언이 아닙니다. 제 불행은 거절할 능력이 없는 자의 불행이었습니다. 권하는데 거절하면 상대방 마음에도 제 마음에도 영원히 치유할 길 없는 생생한 금이 갈 것 같은 공포에 위협당하고 있었던 것입니다. 그렇지만 그때 저는 그렇게 반미치광이처럼 원하던 모르핀을 실로 자연스럽게 거절했습니다. 말하자면 '하느님 같은' 요시코의 무지에 감동했던 것일까요. 아니면 그 순간 이미 중독자가 아니게 되었던 것일까요.

그리고 나서 저는 금방 그 수줍은 듯한 미소를 띤 젊은 의사의 안내를 받아 어떤 병동에 수용되었고, 철컥 하고 열쇠가 잠겼습니다. 정신 병원이었던 것입니다.

여자가 없는 곳으로 가겠다는, 디알을 먹었을 때 제가 했던 바보 같은 헛소리가 정말이지 기묘하게 실현된 셈입니다. 그

병동에는 남자 미치광이뿐이어서 간호사도 남자였고 여자라 곤 한 사람도 없었습니다.

이제 저는 죄인은커녕 미치광이가 되어 버린 것입니다. 아니요, 저는 결코 미치지 않았습니다. 단 한순간도 미친 적은 없었습니다. 아아, 그렇지만 광인들은 대개 그렇게들 말한다고 합니다. 즉 이 병원에 들어온 자는 미친 자, 들어오지 않은 자는 정상이라는 얘기가 되는 것이지요.

신에게 묻겠습니다. 무저항은 죄입니까?

호리키의 그 이상하고도 아름다운 미소에 저는 울었고, 판단도 저항도 잊어버렸고, 자동차를 탔고, 여기에 끌려와서 정신 이상자가 되었습니다. 이제 여기서 나가도 저의 이마에는 광인, 아니, 폐인이라는 낙인이 찍혀 있겠지요.

인간 실격.

이제 저는 더 이상 인간이 아니었습니다.

제가 여기에 온 초여름쯤에는 쇠창살이 끼워진 창에서 병원 마당의 작은 연못에 빨간 수련이 피어 있는 것이 보였습니다만, 그로부터 석 달이 지나 마당에 코스모스가 피기 시작하자 뜻밖에도 고향에서 큰형이 넙치와 함께 저를 데리러 와서는 아버지가 지난달 말에 위궤양으로 돌아가셨다고 말했습니다.

"이제 네 과거는 묻지 않을게. 생활 걱정도 시키지 않겠다. 넌 아무것도 안 해도 돼. 그 대신, 여러 가지 미련이 있겠지만 곧바로 도쿄를 떠나서 시골에서 요양 생활을 해 줘. 네가 도쿄에서 저지른 일의 뒤치다꺼리는 시부타가 대강 해 줄 테니까 신경 쓰지 않아도 돼."

큰형이 진지하게, 긴장한 듯한 어조로 말했습니다.

고향의 산하가 눈앞에 보이는 듯해서 저는 희미하게 고개를 끄덕였습니다.

진정한 폐인.

아버지가 돌아가셨다는 사실을 알고 난 뒤 저는 점점 더 얼간이가 되어 갔습니다. 이젠 아버지가 안 계신다. 내 마음에서 한순간도 떠나지 않았던 그 그립고도 무서운 존재가 이젠 안 계시다. 제 고뇌의 항아리가 텅 빈 것 같은 느낌이었습니다. 제 고뇌의 항아리가 공연히 무거웠던 것은 아버지 탓이 아니었을까 하는 생각조차 들었습니다. 저는 모든 의욕을 상실했습니다. 고뇌할 능력조차 상실했습니다.

큰형은 저에게 한 약속을 정확하게 지켜 주었습니다. 제가 태어나 자란 마을에서 기차로 네댓 시간 남쪽으로 내려간 곳에 동북 지방으로는 드물게 따뜻한 바닷가 온천지가 있는데, 그 마을 끝에 있는, 방은 다섯 개나 되지만 무척 오래된 듯 벽이 허물어지고 기둥은 벌레 먹어 거의 수리할 수조차 없는 시골집을 사서 저에게 주고, 머리카락이 굉장히 붉은 예순 살 가까운 못생긴 식모를 한 사람 붙여 주었습니다.

그러고 나서 삼 년하고도 얼마간의 시간이 지나는 동안 저는 테쓰라고 하는 그 늙은 식모한테 몇 번인가 이상한 방법으로 겁탈을 당했고, 가끔씩 부부 싸움 같은 것도 하게 되었고,

가슴의 병은 일진일퇴해서 살쪘다 말랐다 하면서 혈담이 나오는 일도 있었습니다. 어제는 칼모틴을 사오라고 테쓰를 마을 약국에 심부름 보냈더니 여느 때의 상자와는 다른 칼모틴을 사 왔는데, 그다지 신경 쓰지 않고 자기 전에 열 알 정도 먹고 나서 도통 잠이 오지 않아 이상하게 생각하고 있던 차에 배가 이상해서 서둘러 화장실에 갔더니 맹렬한 설사가 이어졌습니다. 그러고 나서도 연달아 세 번이나 화장실에 갔습니다. 하도 이상해서 약상자를 잘 살펴보니 그것은 헤노모틴이라는 설사약이었습니다.

저는 똑바로 누워서 배에 유단포[24]를 올려놓고 테쓰에게 잔소리를 하려고 했습니다.

"이봐, 이건 칼모틴이 아니야. 헤노모틴이지."

그렇게 말하다 말고 후후 웃어 버렸습니다. 아무래도 '폐인'이란 단어는 희극 명사인 것 같습니다. 잠들려고 먹은 것이 설사약이고, 게다가 그 설사약 이름은 헤노모틴이라니.

지금 저에게는 행복도 불행도 없습니다.

모든 것은 지나간다.

지금까지 제가 아비규환으로 살아온 소위 '인간'의 세계에서 단 한 가지 진리처럼 느껴지는 것은 이것뿐입니다.

모든 것은 그저 지나갈 뿐입니다.

저는 올해로 스물일곱이 되었습니다. 그러나 백발이 눈에 띄게 늘어서 대부분의 사람들은 마흔 살 이상으로 봅니다.

---

24) 더운물을 넣어 몸을 따뜻하게 하는 통.

후기

．

　나는 이 수기를 쓴 광인을 직접 알지는 못한다. 그렇지만 이 수기에 나오는 교바시 스탠드바의 마담일 거라고 짐작되는 인물은 조금 알고 있다. 몸집이 작고 안색이 좋지 않고 눈이 가늘게 치켜 올라가고 코가 높은, 미인이라기보다는 미남이라고 하는 편이 어울릴 만큼 딱딱한 느낌의 여자였다. 이 수기에는 아무래도 쇼와[25] 5~7년경의 도쿄 풍경이 주로 묘사되어 있는 것 같은데, 내가 친구 손에 이끌려 그 교바시의 스탠드바에 두서너 번 들러 하이볼 같은 것을 마신 것은 일본 군부가 슬슬 노골적으로 설치기 시작했던 1935년 전후의 일이었으니 이 수기를 쓴 남자는 만나지 못했던 것이다.

　올해 2월 나는 치바 현 후나바시 시로 피란 가 있던 한 친

---

25) 쇼와 왕의 통치 기간을 가리키는 연호. 1926~1989년.

구를 찾아갈 일이 있었다. 내 대학 시절 학우로, 지금은 모 여자 대학에서 강사 노릇을 하고 있는 친구였다. 이 친구에게 우리 친척의 혼담을 부탁해 두었기 때문에, 겸사겸사 신선한 해산물이라도 구해서 집안 식구들한테 먹이려는 생각에 배낭을 짊어지고 후나바시 시까지 갔던 것이다.

후나바시 시는 갯벌에 면한 꽤 큰 도시였다. 그런데 그 친구네는 새로 이사 온 주민이어서 그 고장 사람들한테 번지수를 대고 물어봐도 집의 위치를 좀처럼 알 수가 없었다. 추운 데다 배낭을 짊어진 어깨가 아파 와서 나는 레코드판 소리에 이끌려 어느 다방 문을 밀고 들어갔다.

거기 마담이 낯이 익어서 물어보니 바로 십 년 전 그 교바시 작은 바의 마담이었다. 마담도 금방 나를 기억해 냈는지 서로 놀라서 요란하게 웃고는 이럴 때 나오기 마련인, 공습으로 집이 타 버린 일 따위를 누가 묻지도 않았는데 자랑스러운 듯 서로 얘기하고는,

"당신은 하나도 안 변했어."

"아니에요. 이젠 할머니인걸요. 몸이 삐거덕삐거덕해요. 선생님이야말로 여전히 젊으세요."

"천만에. 벌써 애가 셋이나 되는걸. 오늘은 녀석들 먹일 식량을 사러 왔어."

등등 오랜만에 만난 사람끼리 흔히 하는 인사를 나누고 나서 둘의 공통되는 지인들의 소식을 묻던 중에, 문득 마담이 새삼스레 어조를 바꾸더니 "당신은 요조를 알고 있었던가요?" 하고 물었다. 모른다고 대답하자, 마담은 안으로 들어가 노트

세 권과 사진 석 장을 들고 와서 나한테 건네주면서 "소설의 재료가 될지도 모르겠네요."라고 했다.

나는 남이 떠맡기는 소재로는 작품을 쓰지 않는 성품이었기 때문에 그 자리에서 바로 돌려줄까도 생각했지만 그 사진(이 사진 석 장의 기괴함에 대해서는 서문에도 써 두었다.)에 마음이 끌려서 어쨌든 노트를 맡기로 했다. "돌아갈 때 다시 여기에 들르겠지만, 무슨 동네 몇 번지 누구 씨라고 여자 대학 선생 노릇을 하고 있는 사람네 집을 혹시 모릅니까." 하고 물어보니 새로 이사 온 사람끼리라 그랬는지 알고 있었다. 가끔 이 다방에도 들른다고 했다. 바로 근처였다.

그날 밤 친구와 술을 한잔한 뒤 그 집에서 묵기로 한 나는 아침까지 한숨도 자지 않고 그 노트를 읽었다.

그 수기에 씌어 있는 것은 옛날 얘기긴 했지만, 요새 사람들이 읽어도 상당히 흥미를 느낄 것이 틀림없었다. 쓸데없이 내가 첨삭을 가하기보다는 이대로 잡지사 같은 곳에 부탁해서 발표하는 것이 좀 더 의의가 있을 듯싶었다.

아이들에게 선물로 줄 해산물은 말린 생선뿐이었다. 나는 배낭을 짊어지고 친구네 집을 하직하고 나서 예의 다방에 들러 "어제는 고마웠습니다. 그런데……" 하고 바로 이야기를 꺼내었다.

"이 노트 당분간 빌려주실 수 있겠습니까?"

"예, 그러세요."

"이 사람 아직 살아 있나요?"

"그게 통 알 수가 없어요. 십 년쯤 전에 교바시의 가게로 그 노트하고 사진이 소포로 왔는데, 보낸 사람이 요조가 틀림없을 텐데, 그 소포에는 요조의 주소도 이름도 씌어 있지 않았거든요. 공습 때 다른 물건에 섞여서 이것도 묘하게 무사했나 봐요. 저는 요전번에 처음으로 전부 읽고……."

"울었습니까?"

"아니요, 울었다기보다…… 글쎄, 다 끝난 거지요? 사람이 이 지경이 되었다면 이젠 틀린 거죠."

"그러고 나서 십 년이라면 이미 죽었을지도 모르겠군. 이것은 감사의 뜻으로 당신에게 보낸 거겠죠. 다소 과장해서 쓴 듯한 부분도 있지만 당신도 꽤 피해를 본 것 같군요. 만일 이것이 전부 사실이라면, 그리고 내가 이 사람의 친구였다면 나역시 정신 병원에 집어넣고 싶었을지도 모르지."

"그 사람의 아버지가 나쁜 거예요."

마담이 무심하게 말했다.

"우리가 알던 요조는 아주 순수하고 자상하고…… 술만 마시지 않는다면, 아니, 마셔도…… 하느님처럼 좋은 사람이었어요."

직소

駆け込み訴え

아뢰옵니다. 아뢰옵니다, 나리. 그 사람은 너무해. 못됐어. 네, 불쾌한 놈입니다. 나쁜 사람입니다. 아아, 참을 수 없어. 살려 둘 수 없다고.

네, 네. 마음을 가라앉히고 말씀 올리겠습니다. 그 사람을 살려 두어서는 안 됩니다. 그 사람은 이 세상의 적입니다. 네, 하나부터 열까지 전부 다 말씀 올리겠습니다. 저는 그 사람이 있는 곳을 압니다. 지금이라도 당장 안내해 드리겠습니다. 갈기갈기 찢어발겨서 죽여 주세요. 그 사람은 제 스승입니다. 주인입니다. 그렇기는 하지만 저랑 동갑입니다. 서른셋입니다. 저는 그 사람보다 겨우 두 달 늦게 태어났을 뿐입니다. 대단한 차이가 있을 턱이 없어. 사람과 사람 사이에 그렇게 큰 차이가 있을 리 없지. 그런데도 나는 여태껏 그 사람에게 얼마나 혹사당해 왔는지. 얼마나 조롱당해 왔는지. 아아, 이젠 지겨워. 참을 수 있는 데까지 참았어. 화날 때 화를 내지 못한다면 사람으로 태어난 보람이 없지. 제가 지금까지 그 사람을 남몰래 얼마나 감싸 줬는지 아무도 모릅니다. 그 사람 자신도 그 사실을 알아차리지 못하고 있습니다. 아니야, 알고 있어. 분명히 알고 있습니다. 알고 있기 때문에 오히려 나를 더 심술 사납게 깔보는 거라고. 그 사람은 오만해. 나한테 큰 신세를 지고 있는 것이 분한 거야. 그 사람은 바보처럼 자부심이 강해. 나 따위한테 신세 지고 있다는 게 무슨 굉장한 약점이라도 되는 것처럼 생각하고 있는 겁니다. 그 사람은 남한테 뭐든지 자기 혼자 할 수 있는 것처럼 보이고 싶은 거야. 웃기는 얘기지. 세상이란 그런 게 아니라고. 이 세상을 살아 나가려면 누군가에게는 어쩔 수 없이 굽실굽실 고개를 숙이지 않으면 안 되고, 한 발짝 한 발짝 남을 짓밟고 가는 것밖에 다른 방법이 없는 거라고. 그분이 도대체 무엇을 할 수 있겠어요? 아무것도 못 한다고요. 내가 보기엔 풋내기야. 제가 없었다면 그 사람은 틀림없이 이미 오래전에 저 무능하고 바보 천치 같은 제자들과 함께 어딘가의 들판에서 객사했을 겁니다. "여우에게는 굴이 있고 새에게는 둥지가 있다. 그러나 사람의 자식에게는 잠잘 곳이 없다." 그래그래, 바로 이거라고. 정확하게 자백하고 있잖아요? 베드로가 뭘 할 수 있겠어요? 야고보, 요한, 안드레, 도마, 이 백치 떼거리는 그 사람을 졸졸 쫓아다니면서 등골에 소름이 돋을 것 같은 사탕발림이나 하고 천국이니 뭐니 하는 터무니없는 얘기를 믿고 열광하기나 했지. 그 천국이라는 게 가까워지면 그 녀석들 모두 총리, 부총리라도 될 작정인가, 바보 같은 녀석들. 그날그날의 빵도 못 구해서 내가 마련해 주지 않으면 모두 굶어 죽었을 게 뻔한데. 나는 그 사람이 설교를 하게 해놓고는 군중한테서 슬그머니 연보(捐補)를 우려내고, 마을의 돈푼깨나 있는 집에서 공물을 징수하기도 하고, 잠자리부터 나날의 입을거리 먹을거리 마련까지 번거로움을 마다하지 않고 돌보아 주었는데도, 그 사람은 말할 것도 없고 바보 같은 제자들까지도 나한테 고맙다는 인사말 한마디 안 해. 고맙다고 하기는커녕 그 사람은 내가 이렇게 남몰래 나날이 고생하는 걸 모르는 척하면서 언제나 분수에 안 맞는 사치스러운 얘기만 하고, 빵 다섯 쪽, 생선 두 마리밖에 없을 때조차도 눈앞에 있는 대군중 모두에게 먹을 것을 주어라 따위의 억지소리를 해서, 내가 뒤에서 정말이지 힘들게 이리저리 변통해서 간신히 그 음식을 그럭저럭 사 모았던 것입니다. 말하자면 나는 그 사람의 기적을 거들어 왔고 위태위태한 마술의 조수 노릇을 지금까지 수도 없이 해 왔단 말입니다. 이래 봬도 나는 결코 쩨쩨한 사나이가 아니야. 외려 취미가 여간 고상한 사람이 아니라고요. 나는 그분을 아름다운 사람이라고 생각하고 있어. 어린아이처럼 욕심이 없어서 내가 나날의 빵을 손에 넣기 위해 부지런히 모아 둔 돈을 한 푼도 남김없이 쓸데없는 데 쓰게 만들기는 하지만 말입니다. 하지만 저는 그런 것은 원망하지 않습니다. 그분은 아름다운 사람이야. 저는 원래 쩨쩨한 장사꾼이긴 합니다만, 그래도 영적인 사람을 이해한다고 생각하고 있습니다. 그러니까 그분이 제가 고생 고생해서 모아 놓은 잔돈푼을 아무리 어리석게 낭비해도 저는 아무렇지도 않습니다. 아무렇지도 않긴 합니다만 그래도 어쩌다 한번쯤은 저한테 다정한 말씀 한마디쯤 해 주셔도 될 텐데, 그분은 언제나 저한테 냉랭했던 것입니다. 한번은 그분이 봄 해변을 슬슬 거닐면서 문득 제 이름을 부르시더니 "자네한테는 늘 신세를 지는군. 자네의 쓸쓸함은 알고 있어. 그러나 항상 그렇게 불쾌한 얼굴을 하고 있으면 안 되지. 쓸쓸할 때 쓸쓸한 얼굴을 하는 것은 위선자가 하는 짓일세. 쓸쓸하다는 것을 남이 알아줬으면 하고 일부러 표정을 꾸미는 것일 뿐이야. 진실로 신을 믿는다면 쓸쓸할 때도 내색하지 말고 얼굴을 깨끗이 씻고 머리에는 기름을 바르고 미소 짓도록 하게. 이해 못하겠나. 쓸쓸한 것을 남들이 알아주지 않아도 어딘가 눈에 안 보이는 곳에 계시는 자네의 진정한 아버지가 알아주신다면 되는 것 아니겠나. 그렇지 않은가. 쓸쓸함은 누구한테나 있는 거라네."라고 말씀해 주셔서 저는 왠지 소리 내어 울고 싶어졌습니다. 아니, 저는 하늘에 계시는 아버지께서 알아주시지 않아도, 또 이 세상 그 누구도 알아주지 않아도 당신만 알아주신다면 그것으로 족합니다. 저는 당신을 사랑합니다. 다른 제자들이 아무리 당신을 사랑한다고 해도, 그런 것하고는 비교도 되지 않을 정도로 사랑합니다. 누구보다도 사랑하고 있습니다. 베드로나 야고보 들은 그저 당신을 따라다니면 무슨 수가 있지 않을까, 그런 것만 생각하고 있습니다. 그렇지만 저만은 알고 있습니다. 당신을 따라다녀 봤자 득 될 것이 아무것도 없다는 것을. 그런데도 저는 당신을 떠날 수가 없습니다. 왜 그럴까요. 당신이 이 세상에서 없어진다면 저도 따라 죽을 겁니다. 살아갈 수가 없을 테니까요. 저에게는 언제나 혼자 남몰래 생각하고 있는 일이 있습니다. 그것은 당신이 저 시시껄렁한 제자 모두와 헤어지고, 또 하늘에 계시는 아버지의 가르침이니 뭐니 설교하는 일도 그만두시고, 점잖은 백성의 한 사람으로서 어머님이신 마리아 님과 저와 셋이서만 조용히 오래오래 사는 것입니다. 저희 마을에 저의 작은 집이 아직 남아 있습니다. 나이 든 부모님도 계십니다. 꽤 넓은 복숭아밭도 있습니다. 지금쯤은 복숭아꽃이 피어서 아름다울 겁니다. 거기서라면 평생을 안락하게 지내실 수 있습니다. 제가 언제나 곁에서 시중들어 드리고 싶습니다. 좋은 부인을 얻으십시오. 제가 이렇게 말씀드렸더니 그분은 희미하게 웃으시고는 "베드로와 시몬은 어부지. 아름다운 복숭아밭도 없어. 야고보와 요한도 가난한 어부라네. 그 사람들한테는 평생을 그렇게 안락하게 보낼 수 있는 토지라곤 아무 데에도 없지."라고 혼잣말처럼 낮게 중얼거리시고는 또다시 해변을 조용히 걸으시는 것이었습니다. 그전에도 그 후에도 그분하고 차분히 얘기를 나눌 수 있었던 것은 그때 한 번뿐이었고 그 뒤로는 결코 저한테 마음을 열어 주신 적이 없었습니다. 나는 그분을 사랑하고 있어. 그분이 죽는다면 나도 함께 죽을 테다. 그 사람은 누구의 것도 아니야. 내 거야. 그 사람을 남의 손에 넘기느니, 차라리 그전에 내가 죽여 버리겠어. 아버지를 버리고, 어머니를 버리고, 태어난 고향을 버리고, 나는 오늘까지 그분만을 쫓아다녔어. 나는 천국을 믿지 않아. 하느님도 믿지 않아. 그분의 부활도 믿지 않아. 그 사람이 무슨 이스라엘의 왕이겠어. 바보 같은 제자들은 그 사람이 하느님의 아들이라고 믿고 있지. 그리고 하느님 나라의 복음인가 뭔가를 그 사람한테서 듣고는 한심스럽게도 환호작약하고 있어. 이제 곧 그들이 실망하게 되리라는 것을 저는 압니다. 자기 자신을 높이는 자는 낮아지고 자기 자신을 낮추는 자는 높임 받을 거라고 그분은 약속하셨지만 세상일이라는 게 어디 그렇게 쉽게 됩니까? 그 사람은 거짓말쟁이야. 말하는 것마다 하나부터 열까지 다 엉터리야. 나는 하나도 믿지 않아. 그렇지만 나는 그 사람의 아름다움만은 믿어. 그렇게 아름다운 분은 이 세상에 없어. 나는 그분의 아름다움을 순수하게 사랑하고 있어. 그뿐이라고. 나는 아무런 대가도 바라지 않아. 그 사람을 쫓아다니다가 마침내 천국이 가까워지면 멋들어지게 총리나 부총리가 되어 보려는 그런 치사한 마음도 없어. 다만 그 사람을 떠나고 싶지 않을 뿐이야. 단지 그분 곁에 있으면서 그분의 목소리를 듣고 그분의 모습을 바라볼 수 있다면 그것으로 족해. 그리고 할 수만 있다면 그분이 설교 따위는 그만두고 나하고 단둘이서 평생 오래오래 살았으면 싶은 거야. 아아, 그렇게 될 수만 있다면 얼마나 행복할까! 나는 지금 현재의, 이 현세의 기쁨만을 믿어. 다음 세상의 심판 따위 나는 전혀 두렵지 않아. 그분은 아무것도 바라지 않는 나의 이 순수한 사랑을 왜 받아 주시지 않는 걸까? 아아, 그 사람을 죽여 주세요, 나리. 저는 그 사람이 있는 곳을 압니다. 안내해 드리겠습니다. 그 사람은 저를 멸시하고 증오하고 있습니다. 저는 미움받고 있습니다. 저는 그분과 제자들에게 빵을 마련해 주었고 나날의 기갈에서 구해 주었는데 왜 그토록 저를 경멸하는 걸까요. 들어 보세요. 엿새 전 일입니다. 그분이 베다니의 시몬네 집에서 식사를 하고 계실 때 그 마을에 사는 마르다 년의 여동생 마리아가 향유를 가득 채운 석고 항아리를 들고 향연이 벌어지고 있는 방으로 살그머니 들어오더니, 갑자기 그 기름을 그분 머리에 좍 부어서 발까지 적시고 말았습니다. 그래 놓고도 그 무례함을 사죄하기는커녕 침착하게 쭈그리고 앉아서 자기의 머리카락으로 그분의 젖은 양쪽 발을 정중하게 닦아 드리는 것이었습니다. 향유 냄새가 온 방에 가득 차면서 정말이지 괴상한 광경이 벌어졌기에 저는 화가 나서 "무례한 짓을 하지 마라!" 하고 그 여동생 년한테 소리쳤지요. "이봐, 이렇게 옷이 젖으셨잖아. 게다가 이렇게 비싼 기름을 쏟아 붓다니 아깝지도 않아? 넌 얼마나 바보 같은 년이냐. 이 정도 기름이면 300데나리온은 충분히 나가겠다. 이 기름을 팔아서 300데나리온을 가난한 사람들에게 베풀면 그 사람들이 얼마나 기뻐하겠나. 그런데 이런 쓸데없는 짓을 하면 곤란하지."라고 실컷 야단쳐 줬지요. 그러자 그분은 저를 똑바로 쳐다보시고는 "이 여인을 나무라지 마라. 이 여인은 내게 대단히 좋은 일을 하였느니라. 가난한 자에게 돈을 베푸는 일은 이제부터 너희들이 얼마든지 할 수 있지 않겠느냐. 나는 이제 베풀 수가 없느니라. 그 이유는 말하지 않겠다. 이 여인만은 알고 있다. 이 여인이 내 몸에 향유를 부어 내 장례식을 준비해 주었느니라. 너희들도 기억해 두어라. 전 세계 어느 곳이건 나의 짧은 생애가 전해지는 곳에서는 반드시 이 여인이 오늘 한 일도 함께 전해지리라." 하고 말씀하셨지요. 말씀을 마치셨을 때 그분의 창백한 볼은 약간 상기되어 발그스레해져 있었습니다. 저는 그분의 말씀을 믿지 않았습니다. 그러니 여느 때와 마찬가지로 과장된 연극이려니 생각하고 아무렇지도 않게 흘려들을 수도 있었습니다만 그때 그분의 목소리에, 또 그분의 눈동자에 일찍이 예전에는 볼 수 없었던 이상한 것이 느껴져서 순간 저는 당혹했고, 그분의 살짝 붉어진 볼과 눈물이 촉촉하게 고인 눈동자를 곰곰이 다시 보다가 문득 마음에 짚이는 바가 있었습니다. 아아, 재수 없어. 이런 이야기를 하는 것조차 원통합니다. 그분이 이런 가난한 농사꾼 여자한테, 설마 그런 일은 절대로 없겠지만, 그렇지만 위험하게도 사랑 비슷한 묘한 감정을 품고 계시는 건 아닐까? 저 정도 되시는 분이 저런 무식한 촌년 따위한테 조금이라도 특별한 감정을 느꼈다면 그 무슨 추태람? 돌이킬 수 없는 대추문. 저는 남의 치욕이 될 만한 감정을 냄새 맡는 데는 태어나면서부터 탁월한 재능을 지니고 있었습니다. 저 자신은 그것을 천한 후각이라고 생각해서 싫어합니다만, 힐끗 한번 쳐다보기만 해도 남의 약점을 영락없이 간파해 버리는 예민한 재능을 갖고 있는 것입니다. 그분은 희미하게라도 그 무식한 촌년한테 특별한 감정을 느끼신 것이 틀림없었습니다. 내 눈은 확실하거든. 분명히 그래. 아아, 참을 수 없어. 용서 못 해. 저는 이 지경이라면 그분도 이젠 다 글렀다고 생각했습니다. 추태의 극치라고 생각했습니다. 이때까지 그분은 여자들이 아무리 사모해도 늘 아름다웠고 물처럼 고요했어. 티끌만큼도 흐트러지는 일이 없었지. 하지만 이제는 다 된 거야. 칠칠치 못하기는. 하기야 그 사람은 아직 젊으니까 그건 무리가 아니라고 할 수 있을지도 몰라. 그렇지만 그렇게 따지자면 나도 동갑이라고. 게다가 그 사람보다 두 달 늦게 태어났고. 젊다는 데는 차이가 없잖아. 그래도 나는 참고 있어. 그분 한 분한테만 온 마음을 바치고 지금껏 어떤 여자한테도 마음을 빼앗긴 적이 없어. 마르다의 여동생 마리아는, 언니인 마르다가 뼈대가 굵고 소처럼 몸집이 큰 데다 성격도 거칠고 우당탕거리며 부지런히 일하는 것만이 능사인 아무것도 볼 것 없는 촌년인 데 비해, 뼈도 가늘고 피부는 투명하게 맑고 손발은 포동포동하면서도 자그마하고 호수처럼 맑고 깊은 큰 눈은 언제나 꿈꾸듯 황홀한 눈빛으로 먼 곳을 바라보고 있어서 그 마을에서는 어떻게 저런 아이가 태어났는지 모두 이상하게 생각할 정도로 기품 있는 처녀입니다. 저도 생각했죠. 시내에 나가면 하얀 비단 같은 것이라도 슬그머니 사다 줄까 하고. 아아, 이젠 뭐가 뭔지 알 수가 없군. 내가 지금 무슨 얘길 하고 있는 거지? 그렇지, 저는 분한 겁니다. 무슨 영문인지는 모르지만. 발을 동동 구르고 싶을 만큼 원통한 겁니다. 그 사람이 젊다면 나도 젊어. 저는 재능도 있고 집도 밭도 있는 훌륭한 청년입니다. 그래도 저는 그분을 위해 저의 특권을 전부 버렸습니다. 속은 거야. 그 사람은 거짓말쟁이야. 나리, 그 사람이 내 여자를 뺏어 갔어요. 아니, 그게 아니지! 그 여자가 나한테서 그분을 뺏어 간 거야. 아니, 그것도 아니야. 내가 하는 말은 전부 엉터리입니다. 한마디도 믿지 마세요. 뭐가 뭔지 알 수가 없어졌네요. 죄송합니다. 저도 모르게 밑도 끝도 없는 얘기를 했습니다. 그런 천박한 일 같은 건 전혀 없었습니다. 엉겁결에 추잡한 얘기를 했습니다. 그렇지만 저는 분한 겁니다. 가슴을 쥐어뜯고 싶을 만큼 분한 것입니다. 왜 그런지는 저도 모르겠습니다. 아아, 질투라는 것은 얼마나 견디기 어려운 악덕인가. 내가 이렇게 목숨을 버릴 각오로 그분을 우러러보고 지금껏 복종해 왔는데 나한테는 한마디 다정한 말씀도 해 주지 않으시고 오히려 그 천한 촌년을 볼을 붉히면서까지 감싸 주시다니. 아아, 역시 그 사람은 칠칠치 못해. 쇠약해져서 제정신이 아닌 거야. 이제 그 사람한테는 가망이 없어. 범부(凡夫). 보통 사람이야. 죽는다 해도 아깝지 않아. 이렇게 생각하자 저는 불현듯 끔찍한 일을 생각하게 되었습니다. 악마한테 홀린 건지도 모릅니다. 그때 후로 차라리 그분을 내 손으로 죽여 드리려는 생각을 하게 되었습니다. 언젠가는 틀림없이 살해당할 분이야. 또 그분도 무리하게 자신을 죽이게끔 유도하는 듯한 태도를 이따금씩 보이셨던 겁니다. 내 손으로 죽이겠다. 남의 손에 죽게 하고 싶지는 않아. 저 사람을 죽이고 나도 죽을 거야. 나리, 울다니 부끄럽습니다. 네, 이제는 울지 않겠습니다. 네, 네. 침착하게 말씀드리겠습니다. 그다음 날 저희는 드디어 동경하던 도시 예루살렘을 향해 출발했습니다. 수많은 군중이 젊은이, 늙은이 할 것 없이 모두 그분 뒤를 쫓아왔고, 이윽고 예루살렘 성전이 가까워졌을 때 그분은 늙어빠진 당나귀 한 마리를 길거리에서 발견하시고는 미소를 띠고 거기에 올라타 "시온의 딸들아, 두려워 마라. 보아라, 너희의 왕은 당나귀 새끼를 타고 오시느니라."라고, 이것이야말로 예언되어 있는 그대로의 모습이라고 환한 얼굴로 제자들에게 가르치셨습니다. 그러나 저 혼자만은 왠지 우울했습니다. 그 얼마나 처량한 모습이던지요. 기다리고 기다리던 유월절 축제에 이런 모습으로 예루살렘 성전에 들어가는 것이 저 다윗의 자손의 본모습이었던가. 저분이 일생 동안 염원하던 그 경사스러운 모습이 이 늙어빠진 당나귀 등에 걸터앉아 터벅터벅 나아가는 초라한 풍경이었던가. 이제 연민밖에 느낄 수가 없었습니다. 실로 비참하고 우스꽝스러운 희극을 보고 있는 것 같은 기분이 들어서 저는 아아, 이제 이 사람도 내리막길이구나, 하루를 더 살면 살수록 천박한 추태를 보이게 될 뿐이다, 꽃은 시들기 전까지가 꽃인 것이다, 아름다울 때 잘라 버리지 않으면 안 된다, 그분을 제일 사랑하는 사람은 나야, 남들이 아무리 미워해도 상관없어, 하루라도 빨리 저분을 죽여 드리지 않으면 안 돼 하고 괴로운 결심을 점점 더 굳혔던 것입니다. 군중은 매 순간 그 수가 늘어나, 그분이 지나가시는 거리거리에 빨강, 파랑, 노랑 등 입고 있는 색색 가지 옷을 벗어서 깔거나 종려나무 가지를 꺾어 와서 깔면서 환호로 영접하는 것이었습니다. 그렇게 앞서 가고 뒤에서 쫓아오고 오른쪽, 왼쪽에서 따라붙다가 끝내는 큰 파도처럼 당나귀와 그분을 흔들고 흔들며 "다윗의 자손이여. 호산나, 찬양할지라. 주의 이름으로 오시는 자, 저 높은 곳에는 호산나."라고 열광하며 저마다 노래하는 것이었습니다. 베드로와 요한과 바돌로매, 그 외의 모든 제자들, 바보 같은 녀석들은 이미 천국을 눈앞에 보고 있는 것처럼, 마치 개선장군을 모시고 가는 것처럼 기뻐서 어쩔 줄 몰라 하며 환희에 차서 서로 끌어안고 눈물

젖은 입맞춤을 교환했습니다. 옹고집 베드로 같은 자는 요한을 끌어안고 큰 소리로 기쁨의 울음을 터뜨리고 있었습니다. 그 모습을 보는 동안 저조차도 이 제자들과 함께 모든 환난을 무릅쓰고 포교해 온 인고와 곤궁의 나날이 생각나 저도 모르게 눈시울이 뜨거워졌습니다. 성전에 들어간 뒤 그분은 당나귀에서 내리시더니 무슨 생각을 하셨는지 새끼줄을 주우시고는 그것을 휘둘러서 성전 경내에 있는 환전하는 자의 가판과 비둘기 파는 자의 의자 따위를 쳐서 쓰러뜨렸습니다. 또 매물로 나와 있던 소, 양들도 그 새끼줄 회초리로 전부 성전에서 내쫓고는, 경내에 있는 수많은 상인들을 향해 "너희들 전부 여기서 썩 나가. 나의 아버지의 집을 장사하는 곳으로 만들어서는 안 돼."라고 새된 목소리로 소리치는 것이었습니다. 저 온화한 분이 술주정뱅이처럼 이런 시시한 난동을 부리다니, 아무래도 약간 돌았다고 생각할 수밖에 없었습니다. 곁에 있던 사람들이 모두 놀라서 이게 도대체 무슨 일입니까 하고 그분에게 묻자 그분은 숨을 헐떡이면서 대답하시기를 "너희들은 이 성전을 부숴 버려라. 내가 삼 일 안에 다시 세우리라."라고 하셔서, 아무리 우직한 제자들이지만 너무나 분별없는 그 말씀을 차마 좇지 못하고 멍하니 서 있었습니다. 그렇지만 저는 알고 있었죠. 필경 그분의 어린애 같은 허세임이 틀림없다. 그분은 신앙인지 뭔지를 가지고 이루어지지 않는 것은 없다는 기개를 사람들에게 과시하고 싶었던 게 틀림없습니다. 그렇다고 해도 새끼줄 회초리를 휘둘러서 무력한 장사치를 쫓아내다니, 참 얼마나 시답잖은 허세인가요. 나는 연민의 미소를 띠고 당신이 할 수 있는 반항이라는 게 기껏해야 이런 겁니까, 비둘기 파는 사람의 의자를 걷어차는 일 정도입니까 하고 물어보고 싶기까지 했습니다. 이제 이분은 틀린 겁니다. 자포자기한 것입니다. 자중자애(自重自愛)라는 것을 잊어버린 것입니다. 이제는 자기 힘으로 더 이상 아무것도 못 한다는 것을 그즈음 슬슬 깨닫기 시작해서, 허점이 드러나기 전에 일부러 제사장이 자신을 체포하게 만들어서 이 세상을 하직하고 싶어진 것이겠지요. 그렇게 생각하자 그분을 확실하게 단념할 수가 있었습니다. 또 저렇게 젠체하는 도련님을 지금까지 외곬으로 사랑해 온 저 자신의 어리석음도 쉽게 비웃을 수가 있었습니다. 이윽고 그분은 성전에 모여든 수많은 백성들 앞에서 지금까지 했던 말씀 가운데서 가장 지독하고 오만하고 무례하기 짝이 없는 폭언을 마구잡이로 떠들어댔습니다. 그렇습니다. 분명히 자포자기한 것입니다. 저는 그 모습이 추레하다고까지 느꼈습니다. 죽고 싶어 좀이 쑤시나 보군. "재앙이 있을지니, 위선자 바리새인들이여. 그대들은 술잔과 대접의 겉은 깨끗이 하나 안은 탐욕과 방종으로 가득 차 있나니. 재앙 있을지니, 위선자 바리새인들이여. 그대들은 하얗게 회칠한 무덤과 같나니, 외관은 아름다워 보여도 그 안은 죽은 자의 뼈와 갖가지 오물로 차 있나니. 그와 같이 너희도 외관은 올바르게 보일지언정, 안은 위선과 불법으로 차 있나니. 뱀이여, 살무사의 후예여. 너희가 어떻게 게헨나의 형벌을 피할 수 있겠는가. 아아, 예루살렘, 예루살렘. 예언자들을 죽이고 파송한 자들을 돌로 치는 자들이여. 암탉이 병아리를 제 날개 밑에 모으듯 내가 그대들의 자녀들을 모으려 한 것이 몇 번인고. 그러나 그대들은 원치 아니 하였나니."

바보 같은 얘깁니다. 웃기는 얘기죠. 그 말투를 흉내 내는 것조차도 꺼림칙합니다. 큰일 날 소리를 하는 사람이다. 그분은 미친 것입니다. 또 그 밖에도 기근이 있을 거라느니, 지진이 일어날 거라느니, 하늘에서 별이 떨어지고 달은 빛을 발하지 않게 되고 지상에 가득 찬 사람들의 시체 주위에 그것을 쪼는 독수리들이 모여들 거라느니, 그때 사람들은 통곡하고 이를 갈 거라느니, 정말이지 당치도 않은 폭언을 입에서 나오는 대로 떠들어댔던 것입니다. 얼마나 무분별한 얘기를 늘어놓는지. 우쭐거리는 것도 정도가 있지. 바보인 거야. 분수도 모르고. 참 잘났다. 이제 저분은 죄를 피할 수 없어. 틀림없이 십자가형을 받을 거야. 그렇게 결정된 거야.

저는 어제 시내에서 제사장과 장로들이 대제사장 가야바네 안마당에 몰래 모여서 그분을 죽이기로 결의했다느니 하는 얘기를 행상꾼한테서 들었습니다. 군중 앞에서 그분을 체포하면 혹여 군중이 폭동을 일으킬지도 모르니까, 그분과 제자들이 있는 곳을 찾아내서 관청에 알려 준 자에게 은 삼십 냥을 주기로 했다는 얘기도 들었습니다. 이제는 지체할 때가 아니다. 그분은 어차피 죽는다. 다른 사람 손으로 하급 관리들한테 넘기느니 내가 그 일을 하자. 오늘까지 내가 그분에게 바쳐 온 외곬 사랑의 마지막 도리는 이것이다. 내 의무다. 내가 그분을 팔아넘기겠다. 괴로운 입장이지. 나의 일편단심에서 우러나온 이 사랑의 행동을 누가 정당하게 이해해 주겠는가. 아니, 아무도 이해해 주지 않아도 상관없어. 내 사랑은 순수한 사랑이야. 남한테 이해받으려는 사랑이 아니야. 그런 치사한 사랑이 아니야. 나는 영원히 남의 미움을 사리라. 그렇지만 이 순수한 사랑의 욕망 앞에서는 어떤 형벌도, 지옥의 어떤 업화도 문제가 되지 않는다. 나는 내가 살아가는 방식을 관철하겠다. 온몸이 떨릴 정도로 굳게 결심했습니다. 저는 몰래 기회를 노렸습니다. 드디어 축제 당일이 되었습니다. 저희들 제자 열세 명은 언덕 위에 있는 오래된 식당의 어둡고 침침한 2층 방을 빌려서 축제의 만찬을 벌이기로 했습니다. 모두 식탁에 앉아 막 만찬을 시작하려는 순간 그분이 불쑥 일어나서 묵묵히 상의를 벗으시기에 도대체 무얼 하시려는 건가 하고 저희들이 의아하게 바라보고 있으려니까, 그분은 탁자 위에 있던 물 항아리를 드시더니 그 물 항아리의 물을 방구석에 있던 작은 대야에 부으시고 새하얀 수건을 허리에 차고는 대야의 물로 제자들의 발을 차례차례 씻어 주시는 것이었습니다. 제자들은 영문을 알 수가 없어서 당황하고 쩔쩔맸습니다만, 저는 어쩐지 그분이 마음속에 품고 계신 생각을 알 수 있을 것 같은 기분이 들었습니다. 저분은 쓸쓸하신 거야. 지금 극도로 마음이 약해져서 무지하고 사리에 어둡고 고루한 제자들한테라도 매달리고 싶은 마음이 되신 게 틀림없어. 가엾게도. 저분은 피할 수 없는 자신의 운명을 알고 계신 거다. 그 모습을 보고 있는 동안 저는 갑자기 오열이 강렬하게 치밀어 오르는 것을 느꼈습니다. 갑자기 그분을 끌어안고 함께 울고 싶어졌습니다. 오오, 불쌍한 분. 당신을 처벌받게 할 수는 없어. 당신은 늘 다정했어. 당신은 언제나 옳았어. 당신은 언제나 가난한 자의 편이었어. 그리고 당신은 언제나 눈이 부실 정도로 아름다웠어. 당신은 하느님의 진정한 자식입니다. 저는 그걸 알고 있습니다. 용서해 주십시오. 저는 당신을 팔아넘기려고 이삼 일 동안 기회를 노리고 있었습니다. 그렇지만 이제는 아닙니다. 당신을 팔다니, 내가 어쩌다 그런 엉뚱한 생각을 했던 걸까요. 안심하십시오. 이제는 관리 500명, 군인 1000명이 오더라도 당신 몸에 손가락 하나 대지 못하게 하겠습니다. 당신은 지금 쫓기고 계십니다. 위험합니다. 지금 곧바로 여기서 도망칩시다. 베드로도 오고 야고보도 오고 요한도 와요. 모두 와서 우리의 이 다정한 주(主)를 지키고 평생 오래오래 살아갑시다. 이런 사랑의 말이, 입 밖에 내어 정말로 한 건 아니지만 가슴속에서 마구 들끓었습니다. 그때까지 느껴 본 적 없는 일종의 숭고한 영감이 가슴속에 가득 차 뜨거운 참회의 눈물이 기분 좋게 볼을 따라 흘러내렸습니다. 이윽고 그분은 제 발도 조용히 꼼꼼하게 씻어 주고 허리에 차고 있던 수건으로 부드럽게 닦아 주셨습니다. 아아, 그때의 감촉이라니. 그렇습니다. 그때 저는 천국을 본 것인지도 모릅니다. 저 다음에는 빌립보의 발을, 그다음에는 안드레의 발을 씻어 주시고, 다음으로 베드로의 발을 씻어 주실 차례가 되었는데, 아시다시피 베드로는 어리석고 우직한 자라서 의아한 마음을 숨기지 못하고 "주여, 당신은 어째서 제 발 따위를 씻으시는 겁니까."라고 약간 불만스러운 듯이 입을 비죽 내밀며 물었습니다. 그러자 그분이 "아아, 내가 하는 일을 너는 모르리라. 나중에 짚이는 바가 있으리라." 하고 온화하게 타이르시고 베드로의 발치에 쭈그리고 앉으셨지만, 베드로는 여전히 완강하게 거절하며 "아닙니다. 안 됩니다. 제 발 따위는 영원히 씻으셔서는 안 됩니다. 너무 황송합니다."라고 발을 뒤로 물리며 강변했습니다. 그러자 그분이 목소리를 조금 높이고 "만일 내가 네 발을 씻지 않는다면 너와 나는 더 이상 아무 관계도 없게 되는 것이니라."라고 무척 과감하고 강하게 말씀하셨기 때문에 베드로는 크게 당황해 "아아, 죄송합니다. 그렇다면 제 발뿐 아니라 손이든 머리든 마음껏 씻어 주세요."라고 머리를 조아리며 부탁해서 저는 저도 모르게 웃음을 터뜨렸고 다른 제자들도 살그머니 미소 지었습니다. 왠지 방 안이 환해진 것 같았습니다. 그분도 조금 웃으시고는 "베드로야, 발만 씻으면 그것으로 네 온몸은 깨끗해진 것이니라. 아아, 너뿐 아니라 야고보도 요한도 모두 더러움이 없는 깨끗한 몸이 된 것이니라. 그렇지만……" 하고 말씀하시다 말고 허리를 쭉 펴시더니 잠시 고통을 못 이기는 듯 아주 슬픈 눈초리를 하시다가 금방 눈을 꽉 감고 말씀하셨습니다. "모두가 깨끗하면 좋을 텐데……" 아차 했습니다. 당했다! 내 얘기를 하고 있는 거야. 바로 얼마 전까지 당신을 팔아넘기려고 꾀하고 있던 나의 암울한 마음을 꿰뚫어 보고 계셨던 거야. 그렇지만 지금은 달라졌는데. 단연코 나는 변했어! 나는 깨끗해졌어. 내 마음은 바뀌었는데. 아아, 서분은 그걸 모른다. 그걸 몰라. 아닙니다, 그렇지 않습니다 하는 절규가 목까지 치밀어 올랐지만, 저의 약하고 비굴한 마음이 침을 삼키듯 그 절규를 삼켜 버리게 했습니다. 말 못 해. 아무 말도 못 해.

그분한테 그런 말을 듣고 보니, 역시 나는 깨끗해지지 않았는지도 몰라 하고 심약하게 긍정하는 비뚤어진 마음이 고개를 들고, 그러자 그 비굴한 반성이 금방 추악하고 시커멓게 부풀어 오르면서 나의 오장육부를 휘돌더니 역으로 분노의 염이 활활 불꽃을 피우면서 분출하기 시작했습니다. 에이, 틀렸어. 어차피 나는 틀렸어. 저 사람은 마음속에서부터 나를 싫어하고 있어. 팔아먹자. 팔아서 저 사람을 죽이자. 그리고 나도 함께 죽는 거다. 이렇게 예전의 결심이 되살아나고 저는 이제 완전히 복수심에 사로잡힌 악마가 되어 버렸던 것입니다. 그분은 내 마음이 두 번 세 번 뒤집혔다 바뀐 소용돌이를 알아차리지 못하신 듯, 이윽고 윗도리를 걸치고 매무새를 가다듬은 다음 천천히 의자에 앉으시더니 아주 창백한 얼굴로 "내가 너희의 발을 씻어 준 이유를 알겠는가. 너희는 나를 주라고 칭송하고 또 스승이라고 칭하는 것 같은데, 그것은 옳은 일이니라. 나는 너희들의 주, 너희들의 스승이나 그럼에도 너희 발을 씻어 줬으니 이제부터는 너희들도 의좋게 서로의 발을 씻어 주고 마음을 쓰도록 하여라. 내가 언제까지나 너희들과 함께 있을 수는 없을 테니 지금 이 기회에 너희들에게 모범을 보여 준 것이니라. 너희도 내가 한 대로 행하도록 마음을 써라. 스승은 반드시 제자보다 뛰어난 법이므로 내가 하는 말을 잘 듣고 잊지 않도록 하여라."라고 무척 지친 듯한 어조로 말씀하시고, 소리 없이 식사를 시작하시다 문득 "너희들 중 하나가 나를 팔리라."라고 얼굴을 숙이고 신음하듯 흐느끼듯 괴로운 목소리로 말씀하셨습니다. 제자들 모두가 뒤로 자빠질 만큼 놀라서 일제히 자리를 박차고 일어나 그분 뒤에 모여들어 제각기 "주여, 저를 말씀하십니까." "주여, 그것은 제 얘깁니까."라고 소리소리 질렀지요. 그러자 그분은 죽은 사람처럼 힘없이 고개를 저으시더니 "내가 지금 그자에게 한 덩어리의 빵을 주리니. 그자는 무척 불행한 사나이니라. 정말이지 그자는 태어나지 않는 편이 좋았으리라."라고 의외의 분명한 어조로 말씀하시고, 한 덩어리의 빵을 들어 팔을 쭉 뻗더니 정확하게 제 입에 갖다 댔습니다. 저도 이미 각오가 되어 있었습니다. 창피하다기보다는 미웠습니다. 그분의 새삼스러운 그 심술궂음이 미웠습니다. 그렇게 모든 제자들 앞에서 공공연히 저에게 창피를 주는 것이 지금까지 그분의 관례였던 것입니다. 저와 그 녀석 사이에는 불과 물처럼 영원히 융합할 수 없는 숙명이 존재하는 것입니다. 녀석은 개나 고양이한테 던져 주듯 한 덩어리의 빵을 내 입에 쑤셔 넣고는, 그런 게 녀석의 분풀이였는지, 하, 바보 같은 녀석, 저에게 "네가 할 일을 속히 하라."라고 말했습니다. 그 뒤 저는 곧장 식당에서 달려 나와 땅거미가 지기 시작한 길을 달리고 또 달려 방금 여기에 도착한 겁니다. 그리고 서둘러 이처럼 아뢰는 것입니다. 자, 그분에게 벌을 내려 주십시오. 어떻게 하시든 마음 내키는 대로 벌을 주십시오. 잡아서 몽둥이로 두들겨 패고 발가벗겨서 죽이는 게 좋겠습니다. 이제 저도 더 이상 참을 수 없습니다. 녀석은 정말 나쁜 놈입니다. 못된 녀석입니다. 나를 여태껏 그다지도 못살게 괴롭히더니. 하하하하, 빌어먹을. 그분은 지금 게넬론의 시냇물 건너편 겟세마네 언덕에 있습니다. 지금쯤은 틀림없이 그

2층 방에서의 저녁 식사도 끝나고 제자들과 함께 겟세마네 언덕으로 가서 하늘에 기도를 드리고 있을 겁니다. 제자들 외에는 아무도 없습니다. 지금이라면 문제없이 그 사람을 체포할 수 있습니다. 아아, 작은 새 떼가 지저귀어서 시끄럽구먼. 오늘 밤은 왜 이렇게 새들이 지저귀는 소리가 귀에서 떠나지 않는 걸까요. 제가 여기로 달려오는 도중에 있는 숲에서도 새 떼가 짹짹 지저귀고 있었습니다. 밤에 작은 새가 지저귀는 일은 드물죠. 나는 어린애 같은 호기심에 그 새의 정체를 한 번이라도 보고 싶다고 생각했습니다. 멈춰 서서 고개를 갸우뚱거리면서 나뭇가지 사이를 쳐다보았지요. 아아, 제가 지금 무슨 쓸데없는 얘기를 하고 있는 거죠. 죄송합니다, 나리. 준비되셨나요. 아아, 즐거워. 기분 좋다. 오늘 밤은 저한테도 마지막 밤입니다. 나리, 나리, 오늘 밤 제가 그분과 당당하게 어깨를 나란히 하고 서 있는 모습을 잘 봐 주시기 바랍니다. 저는 오늘 밤 그 사람과 어깨를 나란히 하고 당당하게 서 보이겠습니다. 그 사람을 두려워할 것 없어. 비하할 필요도 없지. 나는 그 사람과 동갑내기, 똑같이 뛰어난 젊은이라고. 아아, 새소리가 시끄러워. 지겹게도 들려오네. 왜 이렇게 새들이 떠들어대는 거지. 짹짹짹짹, 왜 이렇게 난리를 부리는 걸까요. 저런, 그 돈은? 저에게 주시는 겁니까? 저, 저에게, 은 삼십 냥을. 아, 네. 과연. 하하하하. 아니에요. 사양하겠습니다. 제가 두들겨 패기 전에 그 돈을 집어넣으시지요. 돈이 탐나서 아뢰러 온 게 아닙니다. 집어넣으라니까! 아닙니다. 죄송합니다, 받겠습니다. 그렇지, 나는 장사꾼이었지. 나는 아름답고 우아한 그분한테서 돈 때문에 늘 경멸받았지. 받겠습니다. 저야 뭐 천생 장사꾼이죠. 천시받는 돈으로 그분에게 멋지게 복수해 주겠습니다. 이런 게 저한테 가장 잘 어울리는 복수의 수단이죠. 이것 보라고! 녀석은 은 삼십 냥에 팔린다. 나는 조금도 울지 않아. 나는 그분을 사랑하지 않아. 처음부터 티끌만큼도 사랑하지 않았어. 네, 나리. 저는 거짓말만 했습니다. 저는 돈이 탐이 나서 그분을 쫓아다녔던 것입니다. 오오, 그게 틀림없어. 그분이 저에게 돈을 조금치도 벌어 주지 않으리라는 사실을 오늘 밤 확실하게 깨달았기 때문에, 그거야 장사꾼이니까, 재빨리 배반한 거죠. 돈, 이 세상은 돈이면 다지요. 은 삼십 냥, 이 얼마나 근사합니까. 받지요. 저는 쩨쩨한 장사꾼입니다. 예, 탐이 나서 견딜 수가 없습니다. 네, 감사합니다. 네, 네. 아, 미처 말씀 못 드렸군요. 제 이름은 장사꾼 유다, 헤헤, 가롯 유다입니다.

다자이 오사무의 작품 세계와 현재적 의미

1 들어가며

다자이 오사무(본명 쓰시마 슈지(津島修二), 1909~1948)는 삼십구 년이라는 길지 않은 생애에서 다섯 번 자살을 시도하고, 결국 다섯 번째 시도에 생을 마감하였다. 무엇이 그를 이토록 처절한 자기 파멸로 치닫게 하였을까? 이 문제를 푸는 것이 다자이를 해독하는 하나의 열쇠가 될 수 있을 것이다.

일본 근대 문학을 확립했다는 평가를 받는 자연주의 문학은 '무엇을 어떻게 쓸 것인가?'보다는 '인생을 어떻게 살 것인가?'라는 절박한 물음이 뒷받침된 진지한 자기 모색의 문학이었다는 점에서 이 범주의 사소설들이 지니는 편협성, 평탄함, 범속성 등의 약점이 상쇄될 수 있다. 그렇다면 '어떻게 살 것인가?'라는 명제와 더불어 '어떻게 죽을 것인가?'라는 명제 또한 이 세상에서 생을 부여받은 모든 인간의 물음이 될 수 있을 것이다.

"무사도란 죽는 일임을 깨달았다. 매일 아침 매일 저녁 다시 죽고 다시 죽어 늘 죽은 몸이 되어 있으면, 무도(武道)에서 자유를 얻어 평생 실수 없이 맡은 바 소임을 다하리라."(「하가쿠레(葉隱)」, 야마모토 쓰네토모의 언행록)에서 보이듯, 일본 무사도의 근간은 어떻게 죽을 것인가에 있었다.

기독교가 지배 논리가 되기 전의 서구 사회뿐 아니라 인류사에는 동서를 막론하고 숭고한 자살에 대한 용인 내지는 존경이라는 일종의 사회적 합의가 있어 왔다. 세네카가 지상에서 가장 아름다운 것으로 칭송한 카토(Marcus P. Cato Uticensis, 기원전 95~46)의 '의지적 죽음', 즉 자살은 "자기 목숨으로 자유의 가치를 조명해 낸" 정의로운 죽음으로 평가되었다. 자살이 기독교에 의해 비난의 대상으로 규정되기 200년 전의 얘기다. 자신의 삶을 스스로의 책임하에 완결 짓는 행위는 어느 면에서는 성숙한 인간의 자주적 선택에 달려 있다고 할 수 있다. 인간의 존엄성을 지키기 위한 자살은 용인되었으며, 일본에서는 죽음의 미학으로 승화되기도 했다.

자살이나 자살 방조가 비난의 대상이 되고 법정(法定) 죄로 성립된 배경에는 근본적인 인식의 전환이 있었다. 그리고 그 인식과 현실 사이의 괴리와 모순이 가장 짙게 남아 있는 곳으로 일본을 들 수 있을 것이다.

일본 근대 문학사를 대략 더듬어 보아도, 자살 동기는 개개인에 따라 다르겠지만, 기타무라 도코쿠(1868~1894), 가와카미 비잔(1869~1908), 아리시마 다케오(1878~1923), 아쿠타가와 류노스케(1892~1927), 여기서 거론하고자 하는 다자이 오사무, 다자이의 뒤를 좇아 그의 무덤 앞에서 자살한 다나카 히데미쓰(1913~1949), 미시마 유키오(1925~1970), 가와바타 야스나리(1899~1972), 그리고 우리의 뇌리에 아직도 하나의 충격으로 생생하게 남아 있는 에토 준(1933~1999) 등 자살한 문인들이 많이 있다. 미시마의 경우는 예외로 하더라도 이들의 자살에 대한 비난은 거의 보이지 않을뿐더러, 일본에서는 오히려 그들을 자기 논리에 따라 살다 간 존재로 간주하는 시각이 팽배해 있다. 이들 중에서도 특히 아리시마 다케오, 아쿠타가와 류노스케, 다자이 오사무는 일본 근대 문인들 중에서도 기독교를 가장 가까이 했던 작가에 속한다. 기독교와 자살이라는, 원천적으로 공존할 수 없는 두 가지 요소를 가진 이들에게 '그렇다면 기독교란 무엇이었는가?'라는 문제를 제기할 수 있을 것이다.

이들 중 성경, 특히 마태복음을 암기할 정도로 여러 번 읽고 "일본 문학사는 성경 한 권으로 예전에는 없었던 선명함으로 둘로 나누어졌다. 마태복음 28장. 다 읽는 데 삼 년 걸렸다. 마가, 누가, 요한. 아아, 요한복음의 날개를 얻게 되는 날은 언제일까?"(「Human Lost」, 1937)라고 토로하고, 성경 구절을 은하수의 별처럼 자신의 작품에 뿌려 놓은 다자이를 통해 우리는 기독교와 앞서 언급된 일본 문인들의 함수 관계를 검토해 볼 수 있을 것이다. 적어도 다자이에게 있어서 자살, 좀 더 확

대해서 죽음이란 무엇이었으며 기독교는 무엇이었을까 하는
극히 소박한 의문을 풀기 위해, 완성된 작품으로는 마지막 소
설인 「인간 실격」(1948)과 유다의 배반을 다룬 「직소」(1940)를
여기 실었다.

　「인간 실격」은 다자이가 평생 동안 겪은 충격적인 사건들
을 허구화한 작품이며 어떤 면에서는 자기 해명의 책으로 불
리고 있다는 점에서 그가 죽음을 지향한 원인에 대한 해답을
제공하며, 「직소(駆け込み訴え)」는 예수와 유다에 대한 다자이
나름의 조명을 통해 다자이에게 있어서 기독교의 의미, 특히
예수의 의미를 풀어 볼 수 있는 단편이라 할 수 있다.

2　다섯 번의 자살 시도의 정황

　다자이가 처음으로 자살을 시도한 것은 1929년, 히로사키
고교 3학년 재학 중의 일이다. 평론가 오쿠노 다케오는 이를
어릴 적부터 부잣집 아이라는 사실에 본능적인 죄의식을 지
니고 있던 다자이가 고교 진학 후 당시 시대적 사조였던 공산
주의 사상을 접하게 되면서 자신의 출신 성분에 절망을 느꼈
기 때문이라고 말하고 있다.(「다자이 오사무론」, 1956) 실제로
다자이의 작품에는 공산주의를 접하게 되면서 그가 느낀 당
혹감이 드러나 있는 부분이 많다. 몇몇 예를 들어 보자.

　돈 없는 천민만이 옳다. (중략) 그러나 나는 천민이 아니었

다. 나는 기요틴에 매달리는 쪽이었다. 나는 열아홉 살 먹은 고교생이었다. 반에서 나 혼자만 두드러지게 호사스러운 옷차림을 하고 있었다. 죽을 수밖에 없다고 생각했다.(「고뇌의 연감」, 1946)

초등학교 4, 5학년경 막내 형한테서 민주주의라는 사상에 대한 얘기를 듣고, 민주주의 때문에 세금이 부쩍 올라서 곡식이 거의 전부 세금으로 나간다고 어머니 또한 손님에게 푸념하시는 것을 듣고, 나는 그 사상에 심약하게도 당혹스러워했다. 그리고 여름에는 머슴들의 풀 깎기를 돕고 겨울에는 지붕의 눈 치우기 작업을 도우면서 그들에게 민주주의 사상을 가르쳤다.(「추억」, 1933)

일본 본토 북단에 위치한 아오모리 현 쓰가루 군 가네기 시에서 가네기 은행 소유주이자 귀족원 의원인 대지주 쓰시마 겐에몬의 11남매 중 열 번째 자식이자 6남으로 태어난 다자이는 혜택받은 자로서 못 가진 자에 대한 죄의식 내지는 부채 의식을 평생 업고(業苦)처럼 짊어졌던 작가다. 동북 지방은 혹한과 한발이 잦은 가혹한 기상 조건 때문에 일본 내에서도 기근이 많은 가난한 지역이었다. 먹고살기에도 급급한 이웃 가운데서 굴지의 지방 유지, 대지주의 아들로 수많은 하인에 둘러싸여 학교에서건 동네에서건 특별 대접을 받던 다자이가 지니게 된 죄의식은 천성적으로 섬세하고 예민한 감수성 때문에 타인에 대한 시선을 놓친 적이 없는 이 작가로 하여금 남다른 도정을 걷게 만든 요인이 되었다. 그러나 공산주의 사상을 접하면서 좀 더 가시화된 가진 자로서의 부채 의식을 갖게 된 것 때문에 자살을 기도했다고만 단정하기에는 문제가 많은 것도 사실이다. "다자이 오사무는 우리의 청춘과 떼어놓을 수 없는 존재였다. 패전 후의 혼미기를 우리는 다자이 하나에 의지해서 살았다. 다자이 오사무라는 존재에 모든 것을 걸었던 것이다."라고 토로하는 오쿠노의 다자이에 대한 깊은 이해에도 불구하고 다른 요인도 고려에 넣어야 하는 게 아닐까 하는 얘기다.

원래 다자이는 수재로 이름이 높았다. 가네기 초등학교에서는 육 년간 전 과목에서 수를 받아 반장을 맡았고 졸업생 대표로 표창을 받은 바 있다. 메이지 고등소학교에 다니던 일 년 간도 수신과 소행에서는 미를 받았지만, 학과에서는 우수한 성적을 받았다. 도립 아오모리 중학교 시절에도 늘 수석을 다투었으며, 졸업 일 년 전에 관립 히로사키 고교에 문과 중 6등이라는 성적으로 당당히 합격했다. 수재로 이름 높았던 다자이의 성적이 극적으로 떨어진 것은 그가 문학에 몰두하고, 동시에 고교 1학년 8월부터 기다유(기다유부시의 준말. 주로 일본 전통 인형극의 대본으로 쓰이는 음악 장르 중 하나)를 배우면서 알게 된 동기(童妓) 베니코(후에 다자이의 첫 번째 부인이 된 오야마 하쓰요. 당시 열여섯 살이었다.)와의 교제가 시작되면서부터다. 다자이의 변모는 그가 흠모하던 아쿠타가와 류노스케의 자살(1927년 7월 24일)과 관련된다는 설이 있다. 그리고 그때 다자이가 받은 충격이 그대로 기다유를 배우는 동기가 되었다는 설도 있는데, 여기에는 다른 요인이 좀 더 고려되어야 할 것으로 사료된다. 즉 그의 집안에는 일본 전통 예능에 정통한 문인 취미가 넘치고 있었다는 사실, 그리고 고교생에게 그러한 행동이 용납되던 시대 풍조도 고려해야 할 것이다. 문제는 기다유를 배우면서 기생 놀이 또한 배우게 된 데 있을 것이다. 게다가 아오모리 중학교 2학년 때 《아오모리 중학교 교우회지》에 투고한 「최후의 다이코(太閤)」에 작가를 지망하기 시작한 그의 창작 의식이 뚜렷하게 엿보이듯이, 다자이는 이미 문학에 빠져들고 있었다. 이 시기에 다자이는 평생 스승으로 모시게 될 이부세 마스지(1898~1993)와의 조우에 의해 촉발된 문학열로 간행한 동인지 《신기루》에 「온천」, 「희생」, 「지도」 등 열세 편의 소설과 에세이를 발표하고 있다. 《신기루》는 고교 입시 준비 때문에 흐지부지 폐간되었지만, 고교 2학년 때부터 동인 잡지 《세포 문예》를 창간하여 「무한 나락」을 비롯한 일련의 작품을 발표하면서 그의 문학 활동은 다시 시작되었다. 이 시기의 작품들이 쓰시마 가문을 멸망해야 할 부르주아지로 규정하고 있다는 점에서 그의 첫 번째 자살 시도가 프롤레타리아 문학 운동에 의해 촉발된 자괴에 의한 것이라는 평가가 나오긴 했지만, 문제는 그렇게 단순하지가 않다. 다자이가 생가에 대해 뭐라고 했건 간에 그가 자기 생가에 각별한 애정과 긍지를 지니고 있었던 사실을 염두에 두어야 한다. 자기 집안이 몰취미한 벼락부자에 지나지 않는다고 규정한 문장에 이어 쓴 "그러나 그 가계에는 복잡하거나 어두운 부분은 전혀 없었다. 재산 다툼 같은 것도 없었다. 요컨대 아무도 추태를 부린 적이 없었다. 쓰가루 지방에서도 가장 고상한 집안 중 하나로 평해지고 있었다. 이 가계에서 남한테 손가락질을 당하는 어리석은 일을 저지른 것은 나 하나뿐이었다."(「고뇌의 연감」)라는 글을 좀 더 중시해야 하는 것이 아닐까 한다. 어릴 때부터 지니고 있었던 가진 자로서의 죄의식이 당시 열병처럼 번져 고교생까지 휩쓸리게 했던 좌익 사상으로 첨예화했을지언정 그것이 그대로 자살 시도로 직결된 것은 아니라고 추측할 수 있는 여지가 많다는 얘기다.

다자이는 1929년 12월 10일 밤에 칼모틴을 복용함으로써 첫 번째 자살 미수 사건을 일으켰는데, 그날이 2학기 학기 말 고사가 시작되는 전날이었다는 사실은, 수재, 천재로 이름을 떨쳤지만 집안에서는 별 볼 일 없는 여섯째 아들이라 홀대받고 자랐다는 그의 자전적 고백과는 달리, 장난꾸러기면서도 공부를 잘해 귀염을 받던 다자이가 시험 공부를 전혀 못한 상태에서 시험을 치렀다가 집안 식구들의 신임을 상실할까 봐 겁을 먹고 벌인 소동 같은 인상을 지울 수 없다. 작품에 쓰인 것을 작가의 실제 이야기로 받아들이는 것은 위험한 일이다. 그러나 다자이의 작품에는 허구와 작가의 진면목, 또는 전기적 사실이 혼재되어 있다는 사실을 감안할 때, 작품 중 어떤 부분은 사실로 받아들여도 될 것이다. "선천적으로 마음이 약해 남에게 싫은 소리 한번 못 하는" 다자이가 의외로 양갓집에서 잘 자란 청년답게 예절 바르고 체면치레를 중요시하는 성격이었음은 자타가 인정하는 바다. 따라서 첫 번째 자살 소동은 집안 식구들과 주위 사람들을 실망시키게 된 데 대한 회피책으로서의 자살극으로 간주하는 것이 타당하지 않을까 싶다.

두 번째 자살 시도는 도쿄 대학 불문과에 입학한 1930년의 일이다. 고교 선배이던 구도 에이조의 방문과 설득에, 다자이는 원래 마르크스주의 운동에 대한 심정적 동조도 있고 하여 다달이 십 엔씩 운동 자금을 대기로 한다. 이해에 가장 가까웠던 셋째 형이 폐결핵에 걸려 다자이가 지켜보는 가운데 스물일곱의 나이로 요절한 사건도 다자이에게 큰 충격이었다. 게다가 히로사키 고교 시절 가깝게 사귀던 기녀 오야마 하쓰요가 도쿄로 도망쳐 와 다자이가 그 책임을 추궁당하게 된 것도 한 요인이 되었을 것이다. 하쓰요를 고용하고 있던 요정 '다마야'의 연락을 받고 상경한 큰형 분치는 둘의 결혼을 인정하고 다달이 생활비를 대 주는 대신 비합법 운동에서 손을 끊을 것, 분가 및 제적할 것 등을 조건으로 제시한다. 스물여덟에 가네기 시장, 서른에는 현(縣)의회 의원에 당선하여 장차 중앙 정계에 진출하려는 생각을 갖고 있던 분치로서는 동생이 공산주의 운동에 협조하고 있다는 사실이 극히 염려스러웠을 것이다. 당시의 상황(치안 유지법, 특고 제도 신설 등 반공 정책 강화)으로 보아 집안에 불순분자가 있다는 사실이 알려지면 그의 정치적 생명이 끝날 수도 있었던 것이다. 그러나 분치가 자신의 입신출세만을 위해 다자이의 비합법 운동을 견제한 것은 아닐 것이다. 체제 안의 사람인 그는 공산주의에 대한 혐오감과 아버지가 돌아가신 후 집안을 단속해야 한다는 책임

감에서 진심으로 다자이의 행동을 걱정했던 것이다. 어쨌거나 "어머니도 형도 숙모도 질려 버린, 모든 가족을 기절초풍하게 만들고, 어머니에게는 지옥과 같은 괴로움을 안겨 주며"(「도쿄 팔경」, 1941) 쓰시마 가문에서 유일한 망나니가 된 다자이의 여린 마음은 감당하기 어려운 공포와 혼란에 휩쓸렸을 것이다. 다자이가 생가에서 의절당했을 때 받은 충격은 그의 글에 나타나 있는 것보다 훨씬 컸던 것으로 추측된다. 다자이를 해독할 때 가부장적이었던 엄한 부친에게 애정보다는 두려움을 느꼈다든지, 모친이 병약했기 때문에 이모와 유모 손에 큰 것이 그의 인생에 생모 부재의 그림자를 드리우게 했다든지 하는 자전적 사실이 자주 지적되나, 이런 것은 다자이가 생가에 대해 지녔던 애정과 긍지에 비하면 큰 문제가 되지 않는다고 할 수 있다.

천성적으로 인간과 인간의 삶을 이해할 수 없다고 느끼고 세상을 살아 나가는 데 공포를 느꼈던 다자이가 기댈 수 있는 유일한 보호막은 생가뿐이었다. 더구나 자신을 인간 세상에 적응할 줄 모르는 생활 무능력자라고 인식했던 그인 만큼 온 집안의 귀염둥이에서 하루아침에 집안 망신시키는 망나니가 되었다는 자괴심과 한 가정의 가장으로 홀로서기를 해야 한 다는 사실 때문에 몹시 불안했을 것이다. 남의 마음을 다치게 하기 싫어서 꼭 해야 할 말도 하지 않고 일이 되어가는 대로 내버려 두다가 궁지에 몰리곤 했던 심약한 다자이가 생가와 맞바꿀 만큼 하쓰요를 사랑했는지는 극히 의심스러운 부분 이다. 어쨌든 이해 11월 19일 자로 분가해서 제적된 호적 등본을 받은 다자이는 11월 29일 안 지 얼마 안 된 긴자의 카페 여급 다나베 아쓰미(당시 열아홉 살)와 가마쿠라 해변에서 칼모틴을 먹고 정사(情死)를 기도한다. 하쓰요와의 유이노(약혼 증거로 예물을 교환하는 일)로 고향 집에 예물을 보낸 지 닷새 만의 일이다. 시댁에서 결혼 준비를 하며 드디어 이 집안의 정식 며느리가 된다는 기쁨에 들떠 있던 하쓰요로서는 청천벽력이었을 것이다. 자신은 집안에 대한 죄책감에 괴로워하고 있는데 멋모르고 득의양양해하고만 있는 하쓰요를 다자이가 못마땅하게 여겼다는 사실이 어쩌면 '배반'이라고 할 수도 있는 다른 여인과의 정사 기도를 설명해 줄 것이다. 1999년에 유족에 의해 처음으로 공개된, 다자이가 하쓰요에게 보낸 유서에는 "네 오기도 어지간히 관철되었을 것이다. 이제 자유의 몸이 된 것이니 모든 일은 가사이, 히라오카와 의논할 것."과 같은 말이 보이고 있다. 다자이가 하쓰요와의 결혼을 진심으로 바랐나 하는 의심을 갖게 만드는 부분이다. 다자이가 이때의 일을 쓴 에세이 중 비교적 만년에 쓴 「도쿄 팔경」에는 다음과 같은 회고가 보인다. "H는 저 혼자만의 행복밖에 생각하지 않는다. 너만 여자는 아니라고. 너는 내 괴로움을 이해해 주지 않으니까 이런 보복을 당하는 거야. 꼴좋다. 나는 가족들과 갈라지게 된 것이 제일 괴로웠다. H와의 일로 어머니에게도, 형에게도, 숙모에게도 어이없는 존재가 되어 버렸다는 자각이 내 투신자살의 가장 직접적인 이유였다." 이는 다자이가 자살을 기도한 가장 큰 요인이 생가와의 관계 단절에 있었음을 나타내는 서술이라 하겠다.

이때 아쓰미만 죽고 다자이는 자살 방조죄로 구류되었으나 생가의 도움으로 기소 유예가 된다. 집안 식구들을 실망시킨 데 낙담하여 저지른 자살 소동이 오히려 집안의 신임을 완전히 잃게 만든 셈이다. 게다가 여자를 죽게 만들고 자기만 살아남았다는 사실은 심리적으로 치유하기 어려운 죄책감을 갖게 하였다. 그가 이 사건을 소재로 쓴 「광대의 꽃」(1935), 「교겐의 신(神)」(1936), 「허구의 봄」(1936), 「인간 실격」을 비롯한 여러 작품에는 그의 고뇌가 짙게 배어 있다.

1931년부터 하쓰요와 동거하며 비합법 운동원들에게 자기 집을 아지트로 제공하던 시기, 다자이가 친구들도 모를 정도로 거처를 자주 옮겼다는 사실은 그가 이전보다 훨씬 더 깊이 비합법 운동에 말려들었음을 의미한다. 그러나 다자이는 1932년 아오모리 경찰서에 자수하고 비합법 운동과 손을 끊게 된다. 아마도 큰형이 다자이가 약속을 어겼다는 사실을 알고 자수를 종용했기 때문일 것이다. 「도쿄 팔경」에는 하쓰요의 부정을 알게 된 충격으로 만사가 귀찮아져서 자수했다고 되어 있으나, 이는 앞뒤가 안 맞는다는 주장이 현재로는 설득력을 얻고 있다.

어쨌든 "물구나무를 서 본들 투사는 될 수 없고…… 심정적 동조자, 별 볼 일 없는 재정적 지원자 노릇이 고작인" 자신임을 인식하고는 있었지만, 그래도 순수하게 "유일하게 올바른 사상"(「학생의 무리」, 1930)이라고 굳게 믿었던 공산주의를 버리고 동지를 배반한 것은 다자이에게 치유하기 어려운 상처를 남겼다 하겠다.

세 번째 자살 시도는 1935년 3월의 일이다. 대학에 적을 두고는 있었지만 비합법 운동과 여자 문제 그리고 창작에 몰두하느라 거의 학교에 나가지 않던 다자이가 졸업 가망이 없다는 사실을 알게 된 후다. 내년에는, 내년에는 하고 형을 속이며 학비를 타던 다자이는 막다른 골목에 몰리자 가마쿠라 산에서 목을 매어 죽으려다 실패한다. 1933년 3월에 졸업하지 못하면 학비뿐 아니라 생활비도 끊기게 되어 있었던 다자이가 졸업 가망이 없어졌다고 해서 자살을 기도한 것은 아닐 것이다. 졸업을 못 한다는 것은 기정 사실이었으며, 본인도 그것을 충분히 알고 있었다는 것이 그 이유다. 그런데도 새삼스럽게 "졸업할 생각은 없었다. 신뢰해 주고 있는 사람들을 속이는 것은 미칠 듯한 지옥이었다."(「도쿄 팔경」)라고 말하고 있는 것은 납득하기 어려운 부분이다. 이때 다자이가 유서라는 생각으로 집필에 매달리고 있던 「만년(晚年)」(1936)은 이에 대한 해답을 제공한다. "죽을 것 같은 반성과 자조와 두려움"(「도쿄 팔경」)에 사로잡혀 있던 다자이에게 「만년」은 명예 회복을 시켜주고 왜 학업에 전념하지 못했는가를 증명해 줄 유일한 돌파구이자 희망이었다. 빈축을 사면서까지 아쿠타가와 상 수상에 집착한 것도(1935년 「역행」이 차석에 그친 후 1936년의 제3차 아쿠타가와 상 응모까지) 같은 맥락에서 이해할 수 있다. 스물일곱 살에 발표한 첫 창작집 『만년』의 권두를 장식한 단편 「잎」의 서두에 "선택받은 자로서의 황홀과 불안 / 그 두 가지가 내게 있으니"라는 베를렌의 시를 인용한 다자이는 이 시구대로 생활 무능력자라는 열등의식과 함께 남보다 뛰어난 "선택받은 자"라는 자부심을 동시에 지니고 있었다. 이 이율배반적인 명제는 조화를 이루지 못한 채 정신 분열 증세를 가져오고 그를 죽음으로 유인한 요인 중 하나가 되고 있다. "이 단편집 한 권을 내기 위해 십 년이라는 세월을 버렸다. 꼬박 십 년간 다른 사람들처럼 마음 편하게 아침밥을 먹은 적이 없었다. 이 책 한 권을 위해 끊임없이 자존심에 상처를 입고, 혀를 데고, 가슴을 태우고, 스스로를 회복 불가능할 정도로 손상시켰다."라고 작가 자신이 밝히고 있듯이, 이 책은 유서라는 생각으로 쓰였다. 다자이는 『만년』 상재 후 십이 년을 더 살다 갔지만, 그런 뜻에서 그의 생은 만년에서 거꾸로 거슬러 올라간 셈이 되며 어떤 면에서는 언제 죽어도 상관없는 덤 인생이었다고도 할 수 있을 것이다.

동지, 집안 식구, 아쓰미…… 배반자인 자신을 자멸로 내모는 것이 그에게 남겨진 길이기도 했다. "죽는 게 최선이야. 아니, 나만이 아니야. 적어도 사회 진보에 마이너스가 되는 자는 전부 죽어야 해."(「잎」) 이런 심정이었던 다자이가 작품은 잘 진척되지 않고 모든 것이 들통나는 날이 다가왔을 때 택할 수 있는 길은 자살뿐이었던 것이다. 이 사이의 해프닝으로는 미야코 신문사 입사 시험에 응시한 일이 있다. 보기 좋게 미끄러졌지만, 신문사에라도 입사해서 집안에 체면을 차리려 했던 것으로 추측된다. 다자이에게 있어서 생가의 존재가 종래의 설과 달리 무척 중요했음을 보여 주는 부분이다. 이때까지 다자이에게 있어 자살은 일종의 "처세술 같은, 타산적인 것"(「잎」)이었던 면이 크다. 도저히 타개할 수 없는 난관에 부딪혔을 때 죽음으로 면책받으려 하는 처세술이라는 뜻이다. 전술했던 자살에 대한 일본인들의 사회적 합의가 여기에 작용하고 있다고 사료된다. 일본에서는 죽은 이를 '호토케[佛] 님'으로 칭한다. 부처님 역시 호토케 님이다. 다시 말해 죽음은 모든 것을 용서하게 하고 미화시킨다는 인식이라 할 수 있다. 그러나 이후의 네 번째 자살 시도는 훨씬 심각한 것이 된다. 그래서 네 번째 자살 시도는 전에 시도한 세 번에 걸친 자살 시도와 구분해서 논해야 한다.

3 네 번째 그리고 마지막 자살 시도

1935년 4월, 맹장염 수술 후 복막염을 일으켜 중태에 빠졌던 다자이는 회복기에 진통제로 사용했던 파비날에 중독된다. 이때 다자이는 혈담이 나오는 등 폐결핵에도 걸린 것을 알게 된다. 결국 1936년에 파비날 중독 치료를 위해 정신 병원에 수용되는데, 이때 다자이는 심한 정신적 충격을 받는다. 단순히 파비날 중독을 치료하기 위해 입원하는 것으로 믿었던 그는 쇠창살이 달린 정신 병동에 수감되었고, 그곳 환자들의 모습에서 모골이 송연해지는 공포감을 맛보았던 것이다. 또한 믿었던 아내와 스승 이부세 마스지가 자신을 속이고 정신 병원에 입원시켰다는 사실이 그를 극도의 인간 불신으로 내몰

았다고 할 수 있다. 이때의 입원은 10월 13일부터 11월 12일까지의 짧은 기간이었지만 다자이가 세상이 자신을 어떻게 보고 있는지 깨닫는 데 결정적으로 일조한다. "인간이 아닌" 존재로서의 자기 인식. 「인간 실격」은 이 체험을 바탕으로 씌어서 어둡고 자조에 찬 작품이 되었다. 따라서 1937년 3월 하순에 벌인 네 번째 자살 시도는 좀 더 복잡한 음영을 띤다고 할 수 있다. 구체적인 이유는 병원에 입원하고 있는 사이에 아내 하쓰요가 다자이와 극히 가까운 인척이었던 한 화가와 불륜을 저지른 사건 때문이다. 다자이는 하쓰요와 함께 칼모틴을 먹고 음독 정사를 기도했지만 자신은 실패하고 그녀는 떠나보낸다. 그후 다자이는 자기가 하쓰요를 버렸다는 생각에 괴로워한다. 정신 병동에 수감되어 인간 실격자가 되었다는 인식과 자기 혐오, 그때 그를 데리고 간 누구보다도 믿었던 사람들에 대한 배신감은 하쓰요의 불륜으로 인해 「인간 실격」에 그려진, 그가 무엇보다도 아끼고 동경하던 '순수한 것', '무구한 것', '신뢰'를 산산조각 나게 만든 치명타였다고 할 수 있다.

그를 지탱하게 만든 것은 문학에 대한 열정과 자신의 인생을 적나라하게 그려냄으로써 자신과 같은 약자에게 봉사하겠다는 생각이었다. 그가 성경과 기독교를 접하기 시작한 것은 1933년 11월경이 아니었을까 추측되지만 좀 더 깊이 수용하게 된 것은 정신 병원 입원을 통해서라고 생각된다. 다자이가 미치코 부인과 결혼하고 소강상태를 얻어 비교적 낙관적인 수작을 발표한 중기는 태평양 전쟁하의 어려운 시절이었지만 동시에 다자이가 처음으로 직업 문인으로서 자신의 삶을 위해 글을 쓰려고 결심한 시기에 해당된다. 일본 전체를 휩쓴 격동기에 비로소 홀로서기를 결심하고 나름대로 성공한 시기이기도 하다. 이 시기에 밝고 건전한 작품이 많이 쓰인 데는 안정된 가정뿐 아니라 기독교의 영향도 있었을 것으로 사료된다.

그러나 패전 후의 일본은 그에게 환멸과 실망만을 안겨 주었다. 인간 실격자라 자조하며 철저한 자기 부정을 통해 획득한 깊이 있는 인생 통찰이 패전 후의 사회상에 대해 실망과 분노를 느끼게 했고, 그 분노는 그대로 그를 좌절과 자포자기로 이끌었다. 이때 다자이의 자포자기가 우리의 심금을 울리는 이유는 그것이 그 개인의 몫이 아니라 전후의 혼탁한 상황에 실망한 일본의 뜻있는 자들을 대변하는 것이기 때문이다. 결국 무뢰파(無賴派)니 데카당스파니 하는 호칭으로 불리며 전후 인기 작가로 부상한 다자이는 개인적인 지점에서 사회 비판이라는 지점으로 나아가면서 어떤 의미에서는 공적(公的)이라 할 자기 파멸을 기도하게 된 것이다. 따라서 자살에의 지향은 늘 그의 신변을 감싸고 있었다고 해야 할 것이다. 다섯번째이자 마지막이 된 자살 시도는 1948년에 일어난다. 각혈을 할 만큼 악화된 폐결핵도 한몫했는지 모르나, 자기 파멸에의 지향은 6월 13일, 마지막까지 떠나지 않고 그의 곁을 지키던 야마자키 도미에와 약을 먹고 다마 강 수원지에 투신함으로써 완결된다. 올 것이 온 것이라고 할 수 있는 그의 죽음은 이렇게 완성되었다.

4 다자이의 현재적 의미

다자이가 평생 자기 파멸에의 열정에 사로잡혔던 이유에 대한 해명은 다양하게 이루어지고 있다. 전술했듯이 남보다 많이 가진 자로 태어난 데 대한 죄의식이 그중 하나다. 마르크스주의 운동에의 가담도 같은 맥락에서 설명할 수 있다. 공산주의에 대한 다자이의 공감이나 동참에 죄의식에서 비롯된 감상적인 면이 있는 것은 사실이다. 그런 관점에서 그 배신 행위가 그의 생애에 끼친 후유증을 경시하는 시각도 있으나 공산주의만이 유일하게 옳은 사상이라고 믿었던 다자이의 생각이 흔들린 적은 없다고 할 수 있다. 출신 성분으로 보아 자기는 거기 낄 수 없는 "멸망해야 할 백성"이라고 언명하던 다자이였던 만큼 그 배반이 사상적인 전향 차원을 떠나 양심 차원에서 그의 영혼에 지울 수 없는 상흔을 남긴 사실을 경시할 수는 없을 것이다.

다자이는 자신의 이야기를 허구화해 작품화했다는 점에서 엄밀한 의미로는 사소설 작가로 분류하기 어려운 작가다. 그러나 작품 곳곳에 각인된 그의 육성은 그의 진면목을 엿보게 한다.

'청춘의 한 시기에 통과 의례처럼 거친 뒤 잊히는 작가'라는 말도 듣고 '청춘의 서'라고 평해지기도 하며 과장된 몸짓과 감정의 표출로 인해 일부 평자에게서는 부정되기도 하는 다자이의 위상은 어떤 것일까?

1960년대 미·일 안보조약 자동연장 반대 시위로 시작되어 근 십 년간 일본 전역을 휩쓴 정치의 계절에 다자이 문학은 학생들의 성전으로 떠받들어졌다. 다자이 문학은 "패전 후의 혼미기를 우리는 다자이 오사무 하나에 의지하여 살았다. 다자이 오사무라는 존재에 모든 것을 걸었던 것이다…… 우리는 현대, 지금의 현실을 대하는 입장에서 그를 비판하고 정당하게 부활시켜야 한다. 다자이 오사무는 우리를 위해 부(負)의 십자가에 매달린 예수이기조차 하니까."(「다자이 오사무론」)라는 공통된 인식하에 '무뢰파 문학', '퇴폐주의 문학'으로 불리며 패전 후 일세를 풍미했다. 요시모토 다카아키에 의해 "일본 근대에 처음으로 '영혼'의 부(負)의 행방을 확정지어 가시화시킨…… 예전에 그 아무도 이르지 못했던 부의 순교자"(「다자이 오사무」, 1976)로 정리되고 있다.

　이런 그의 존재는 에토 준의 "(개인적인 일로) 나는 멸망하고 싶다고 기원했다. 이미 옛 가치가 전도된 이상 거기 소속된 나는 멸망해야만 했다. 그것은 아마도 동시에 '혁명' 가운데 재생하는 것이기도 할 것이다. 멸망의 속도보다 더 빠른 속도로 파멸해야 한다. 그렇게 하는 데 이런 시대에 부딪힌 젊은이의 성실이 있다고 믿었다."(「다자이 오사무」, 1963)와 같은 공감으로 이어지며, 가라타니 고진으로 하여금 "정신적 어두움이 상실된 1970년대에" 사카구치 안고(1906~1955) 등 자기 존재의 모든 것을 걸고 실존에 부딪혀 간 작가 중의 하나로 다자이를 기리게 하고 있다.(「자연적인 너무나 자연적인 — 정신의 지하실의

소멸」, 1971)

　가토 노리히로는 「패전후론」(1997)에서 다자이의 희곡 「겨울의 불꽃놀이」(1946)의 "졌다, 졌다고들 하지만 나는 그런 게 아니라고 생각해. 망한 거지. 멸망한 거라고. 일본 구석구석까지 점령당하고 우린 한 명도 빠짐없이 포로인데. 어쩜 그걸 부끄럽게 여기지도 않고, 시골 사람들은 바보야."라는 부분을 인용한 다음, 전쟁 중에 협조하라는 당국의 압박에 굴하지 않고 용케도 군국주의 체제에 저항했던 나카노 시게하루(1902~1979), 다자이 오사무가 전후에 주류가 된 '전후파 문학'이라는 범주에서 배제되어 구 프롤레타리아 문학이니 무뢰파 문학이니 하는 범주로 옮겨진 것은 이들만이 전후 일본 사회의 일그러진 현실을 제대로 인식한 존재였기 때문이라고 지적하고 있다. 이렇듯 최근 새삼스럽게 다자이에 대한 재평가가 이루어지고 있는 것은 왜일까?

　사회가 격변하고 모든 것이 불확실하게 느껴질 때, 온갖 허위와 위선을 타파하고자 '혁명'을 지향하다 기존의 두꺼운 벽 앞에서 자신의 무력함을 절감한 자가 목숨을 걸고 자기 파멸로 치닫는 것도 하나의 선택일 것이다. 패전 후 어제까지 침략 전쟁을 성전(聖戰)으로 옹호하고 왕을 위해 목숨을 바치는 것이 영생을 얻는 길이라고 떠들어대던 지도층 인사들이 하루아침에 손바닥 뒤집듯이 민주주의를 논하고, 공산당 인사들까지도 점령군 통치하의 '주어진 자유'에 도취할 때, 다자이는 맨 정신으로는 살아갈 수 없을 만큼 한없이 부끄러웠던 것이다. 모든 가치관, 윤리관이 전도된 패전 후 문학의 첫 페이지에 다자이, 사카구치 같은 부끄러워할 줄 아는 작가들이 놓인 것은 그나마 일본 근대 문학사에 있어 다행한 일이라고 하겠다.

"전쟁에 졌기 때문에 추락하는 게 아니다. 인간이기 때문에 추락하는 것이고, 살아 있기 때문에 추락하는 것이다……인간은 추락할 수 있는 데까지 추락해야 한다. 그리고 일본도 인간과 함께 떨어져야 한다. 떨어질 데까지 떨어져서 자기 자신을 찾아내고 구원해야 한다. 정치에 의한 구원 따위는 피상적인 웃기는 얘기에 지나지 않는다."(사카구치 안고, 「타락론」, 1946)라는 인식하에 끝까지 추락해 가던 이들 무뢰파 문인들이 배신감에 사로잡혀 있던 패전 후의 일본인들에게 열광적으로 수용된 것은 당연한 일이었다. 그렇다면 최근의 재평가 움직임은 무엇 때문일까?

현대는 자기 자신에 대한 처절한 반성과 절망이 요구되는 격변기다. 지금 우리가 처해 있는 상황은 가치관의 혼란, 세대 간의 갈등 증폭, 의견을 달리하는 사람들 간의 대립 구조 심화 등으로 어떤 해법을 모색해야 할 필요성을 절박하게 느끼게 한다. 이런 때일수록 인간이기 때문에 끌어안을 수밖에 없는 나약함, 불신감, 절망감에 목숨을 걸고 천착하고자 한 다자이 오사무의 작가적 자세는 시사하는 바가 크다. 다자이의 절망이 그대로 해법이 될 수는 없다고 해도, 처절한 자기반성과 책임 의식이 전제되지 않는다면 우리는 늘 같은 자리에 머물 수밖에 없기 때문이다. 그런 뜻에서 최근 가시화되고 있는 다자이에 대한 재평가는 일본만의 문제가 아닌 공통적인 시대 인식이라고 할 수 있지 않을까 한다.

5 「인간 실격」과 「직소」

다자이의 작품은 그 경향으로 보아 세 시기로 나누는 것이 보편적이다. 1933년의 「추억」부터 1937년의 「Human Lost」까지의 사 년간이 전기가 된다. 약 일 년 반의 침묵 기간을 둔 후 1938년의 「만원(滿願)」에서 시작되어 「도쿄 팔경」, 「신햄릿」을 거쳐 1945년의 「석별」, 「옛날이야기」까지의 칠 년간이 중기가 된다. 후기는 1945년의 「판도라의 상자」에서 시작되어 「비용의 아내」, 「사양(斜陽)」을 거쳐 1948년의 「인간 실격」, 「굿바이」까지의 삼 년간이 된다. 「굿바이」 연재 도중 목숨을 끊었으므로 「인간 실격」은 완결된 작품으로는 다자이의 마지막 소설이다.

「인간 실격」은 다자이가 처음으로 "타를 위해서"라는 자세에서 벗어나 자기 자신의 예술적 자서전을 시도함으로써 본문에 나오듯 '음산한 도깨비 같은' 자화상이 그대로 드러난 작품이다. 그런 점 때문에 작품과 작가의 삶을 결부시킨 연구가 이루어져 왔으나 다자이가 자기 자신을 직설적으로 드러내기에는 너무 부끄럼을 타는 작가였다는 사실, 그의 소설이 늘 자전적 사실의 변형이었다는 점에서 지나치게 자전에 결부시킨 접근은 경계해야 할 것이다. 오히려 이 작품에 접근하는 데는, 도스토옙스키의 『죄와 벌』을 유의어가 아니라 반의어로 수용하거나 '여자'의 반의어는 '꽃'이고 유의어는 '내장'으로 생각하는 작중의 반대말 맞히기 놀이를 해독하는 것이 더 유효할 것이다. 와타나베 요시키, 도고 가쓰미 등의 다자이 연구가들은 세상을 합법적 세계에 속하는 남성 세계와 비합법적 세계에 속하는 여성 세계로 나누어, 사회의 실세를 형성하고 있는 남성 지배 세계에서 소외된 주인공 요조가 결국은 어느 세계에도 귀속하지 못하고 인간 실격자가 되어 가는 과정을 설득력 있게 증명해 보이고 있다.(『작품론 다자이 오사무』, 1976) 한편 오쿠노 다케오는 「인간 실격」 한 편 때문에 「다자이 오사무론」을 쓴 것이라고 전제한 후, "나는 '서문'을 읽고 나서 이 작가가 우리의 상상을 초월하는 깊은 고뇌에 찬 인생을 경험한, 통상적인 인생과는 완전히 다른 심각한 정신 생활을 영위한 인간임을 느끼고 (중략) 그 확신하에 이 평론을 썼다."라고 말하고 있다. 타산과 체면으로 영위되는 이해할 수 없는 인간 세상과 확고하게 틀 잡힌 듯한 사회 질서의 허위성, 잔혹성을 「인간 실격」만큼 명확하게 드러낸 작품도 드물 것이다. 어떻게든 사회에 융화하고자 애쓰고 순수한 것, 더럽혀지지 않은 것에 꿈을 의탁하고 인간에 대한 구애를 시도하던 주인공이 결국 모든 것에 배반당하고 인간 실격자가 되어 가는 패배의 기록인 이 작품은 그런 뜻에서 현대 사회에 대한 예리한 고발 문학이라 할 수 있다. 넙치와 호리키가 드러내는 상식적인 인간상(적어도 그들은 이 사회에서 당당히 존재 가능하다.)의 추악함은 그 틀에 젖어 무감각하게 살고 있는 우리에게 자성을 촉구한다. 인간성이 상실된 현대 사회가 멸망해 가는 도정에 있음을 이 작품만큼 명백하게 제시해 보인 작품은 없다고 할 수 있다. 부끄러워할 줄 모르는, 자성 없는 사회는 결국 소돔일 수밖에 없을 것이다. 요조의 고뇌를 인정할지 인정하지 않을지가 다자이를 받아들일지 부정할지를 가름하는 기준이 될 것이다.

「인간 실격」이 다자이의 말기 작품인 데 비해,「직소」는 다자이가 도쿄 여자 사범 대학(현 오차노미즈 대학)을 졸업하고 고교 교사로 있던 이시하라 미치코와 결혼한 후 그의 생애에서 처음으로 안정된 삶을 영위했던 중기에 쓰인 작품이다. "작은 셋집에서 인세는 저금하고 누구한테도 신경 쓰지 않고 유유자적하게 지내던"(「십오 년간」, 1946) 유일한 시기에 "유서로서가 아니라 살기 위해 쓰고", "서른이 되어 비로소 진지하게 문필 생활을 지원"(「도쿄 팔경」)하게 된 다자이가 1940년에 발표한 이 작품은 많은 문제를 제기하고 있다. 우선 유다에 대한 해석이다. 주지하다시피 성경에는 유다를 배신자로 지목한 기록이 없다. 예수는 유다에게 "가서 네가 할 일을 하라."라고 했다. 유다는 예수의 영광을 위해 설정된 인간이었을 수 있다. 프랑수아 모리아크가 말했듯, 예수가 없었다면 유다의 고뇌도 없었을 것이다. 정신 병원에 수용되었던 시기에 기독교, 특히 너무 순수했기 때문에 박해받은 "예수의 고뇌"(「교겐의 신」)가 그의 마음을 사로잡은 것을 알 수 있다. 기독교에 대한 다자이의 관심의 깊이는 이 작품을 술잔을 기울이면서 미치코 부인에게 구술, 단숨에 완성시킨 데서도 알 수 있다. 나중에 성경과 대조하며 확인했는지는 모르겠으나, 마태복음에서만 열여덟 군데가 인용되고 있다. 이 사실에서 다자이가 성경을 얼마나 깊이 읽었는지가 증명된다. 다자이가 누구보다도 흠모했고 그의 자살에 충격받았던 아쿠타가와 류노스케는 죽기 직전까지 성경을 읽었고, 유고인 「서쪽의 사람」(1927)에서 예수를 "더 이상 길가의 사람으로 무시할 수 없는" 존재로 그려냈다. 그러나 아쿠타가와의 관심이 "인간 중 가장 위대한 인간이었던" 예수에 놓여 있는 데 비해, 다자이의 시선은 오히려 심약함으로 인해 배신으로 치달을 수밖에 없었던 유다에게 쏠려 있다. 다자이가 이 작품에서 예수와 유다 양쪽에 자신을 투영하고 있는 것은 사실이나 외곬이며 질투 많고 애정과 증오 사이에서 흔들리는 유다 상의 조형은 다자이의 유다에 대한 관심의 크기를 나타낸다. 사랑하는 나머지 유다가 남에게 넘기느니 내 손으로 죽여 주겠다고 결심하는 부분이라든가 "돈, 이 세상은 돈이면 다지요." "그거야 장사꾼이니까, 재빨리 배반한 거죠." 등 자학하는 장면은 탁월한 심리 통찰이라 하겠다. 다자이는 「인간 실격」에서 그려 낸 순수하고 무구하며 이기주의라든가 타산과는 무관한 아름다운 존재에 대한 동경을 예수라는 천상의 존재로 형상화하고, 애증에 결박된 유다를 어디까지나 인간적인 약점을 지닌 지상의 불쌍한 존재로 그려 내고 있다. 인간이기 때문에 지닐 수밖에 없는 이기주의와 한계를 직시한 이 작품은 어떤 의미에서는 유다를 위한 변명의 서로 받아들일 수도 있을 것이다. 동시에 이것은 다자이의 기독교 수용이 어디까지나 개인사적 차원(용서가 배제된 배반과 속죄의 차원)에서 이루어지고 있음을 나타내는 부분이 아닐까 한다. "교회에는 안 나가지만 성경은 읽고 있습니다. 세계에서 일본인만큼 성경을 올바르게 이해할 수 있는 인종은 적지 않을까 합니다."(「일문일답」, 1932)라는 말을 보아도 그가 누구보다도 기독교 정신을 잘 이해한다고 자부하고 있었던 것을 알 수 있다. 동시에 그의 기독교 인식이 어디까지나 복음을 배제한 인간 중심적인 것이었다는 사실 또한 드러난다. 그러나 이 작품을 읽을 때 조심해야 할 것은 이 작품이 종교 서적이 아니라는 사실을 인식하는 일이다. 그러지 않으면 무익한(동시에 아마도 위험한) 논쟁에 말려들어 작품 자체의 메시지를 놓치게 될 우려가 있다. 다자이가 유다에게서 무엇을 보았는지, 어째서 새로운 유다 상을 조형해 내야 할 필요성을 느꼈는지를 고려해야 할 것이다.

다자이 문학의 한 특징인 요설체(饒舌體) ── 쉬지 않고 떠들어대는 ── 가 유다의 혼란한 심정을 얼마나 효과적으로 부각하고 있나 하는 점도 주목해야 할 부분이다. 번역문에서는 지나치게 많은 구두점에 익숙하지 않은 한국 독자들을 위해 옮기지 않았지만, 다자이의 문체를 그대로 옮기지 못한 것에 대해서는 여전히 회의적인 입장이 되지 않을 수 없음을 밝혀 둔다.

다른 많은 일본 근대 작가들과 마찬가지로 기독교에 대한 관심이 복음 신앙으로 이어지지 않았던 점도 일본의 역사, 문화적 풍토와 관련해 생각해 보아야 할 부분이다. 다자이가 평생 갈망하던 무구하고 순수한 것, 아름다운 것을 대변하는 예수와 약하고 평범한 인간이기에 열등감에 시달리고 배반으로 치달을 수밖에 없었던 유다는 다자이의 분신이라 할 수 있다. 「인간 실격」 마지막 장면에 나오는 술집 마담의 "우리가 알던 요조는 아주 순수하고 자상하고…… 술만 마시지 않는다면, 아니, 마셔도…… 하느님처럼 좋은 사람이었어요."라는 술회가 바로 여기에 결부된다 하겠다.

2004년 봄
김춘미

작가 연보

1909년 아오모리 현 쓰가루 군에서 출생. 본명은 쓰시마 슈지.

1920년 장래 희망을 묻는 담임 선생님의 앙케트에 '문학'이라고 회답.

1930년 도쿄 제국 대학 불문과에 입학. 이부세 마스지를 사사. 대학 시절 일시적으로 좌익 운동에 가담했으나 전향하여 소설 수업에 전념.

1935년 '일본 정신'으로의 회귀를 주장한 문예지 《일본 로망파》에 합류.& 소설 「역행(逆行)」으로 아쿠타가와 상 차석. 「다스게마이네(ダス·ゲマイネ)」를 발표.

1936년 첫 번째 창작집 『만년』이 간행되어 작가로 인정받음. 그 후 마약에 중독되어 정신 착란적인 문체로 자신의 내면을 표현하기도 함.

10월 마약 중독 치료를 위해 강제로 정신 병원에 수용됨. 이때 정신적으로 큰 충격을 받음.

「허구의 봄(虛構の春)」, 「20세기 기수(二十世紀旗手)」(1937) 등의 전기 작품에서 전환하여, 1938년경부터 패전까지는 「달려라 메로스(走れメロス)」(1940), 「후지 백경(富嶽百景)」(1943), 「옛날이야기(お伽草紙)」 등의 가작(佳作)을 많이 남김.

일본이 패전을 맞은 후 자신을 '멸망의 백성'이라 생각, 멸망의 노래를 할 것을 신조로 재출발. 사카구치 안고, 오다 사쿠노스케 등과 함께 '데카당스 문학', '무뢰파 문학'이라 불리며 인기 작가로 활약.

1946년   「친우교환(親友交歡)」 발표.

1947년   「탕탕탕(トカトントン)」, 「비용의 아내(ヴィヨンの妻)」, 「사양」 발표.

1948년   「앵두」, 「인간 실격」 등을 발표.
          미완의 장편 「굿바이(グッド・バイ)」를 남기고 6월 13일 도쿄 미타카의 다마 강 수원지에 애인 야마자키와 함께 투신, 서른아홉 살의 나이로 세상을 뜸.

세계문학전집 **103**

인간 실격

1판 1쇄 펴냄 2004년 5월 15일
1판 117쇄 펴냄 2024년 11월 14일

지은이 다자이 오사무
옮긴이 김춘미
발행인 박근섭, 박상준
펴낸곳 (주)민음사

출판등록 1966. 5. 19. (제 16-490호)
서울특별시 강남구 도산대로1길 62(신사동) 강남출판문화센터 5층 (우편번호 06027)
대표전화 02-515-2000 팩시밀리 02-515-2007
www.minumsa.com

© 김춘미, 2004. Printed in Seoul, Korea

ISBN 978-89-374-6103-3 04800
ISBN 978-89-374-6000-5 (세트)

세계문학전집 목록

세계문학전집은 계속 간행됩니다.